我要说：谢谢你带我了解这个世界；

我想说：我爱你让我用一生照顾你；

我知道：没有你我的人生就不能完美；

我愿意：陪着你实现我们所有的梦想。

守 得 住 才 叫 爱

陈赫 著

长江出版传媒

长江文艺出版社

新出图证（鄂）字 03 号

图书在版编目（ＣＩＰ）数据

守得住才叫爱 / 陈赫著 . —— 武汉：长江文艺出版
社 , 2014.8
　　ISBN　978-7-5354-7477-3

　　Ⅰ . ①守…　Ⅱ . ①陈…　Ⅲ . ①散文集 – 中国 – 当代
Ⅳ . ① I267

中国版本图书馆 CIP 数据核字（2014）第 161384 号

总 策 划：成　果　祝小兔　　　总 监 制：刘杰辉　郎世溟　马利敏
选题策划：张　帆　　　　　　　产品经理：刘　平
责任编辑：吴　双　刘　平　　　封面设计：熊猫布克
责任印制：张伟明　　　　　　　责任校对：刘　平

出版：长江出版传媒　　　　　　地址：武汉市雄楚大街 268 号
　　　长江文艺出版社　　　　　邮编：430070
发行：长江文艺出版社
　　　北京时代华语图书股份有限公司　　（电话：010-83670231）
http：//www.cjlap.com
E-mail：cjlap2004@hotmail.com
印刷：北京国彩印刷有限公司

开本：880毫米 × 1230毫米　　1/32　　印张：7.75
版次：2014 年 8 月第 1 版　　　　2014 年 8 月第 1 次印刷
字数：150千字

定价：39.80 元

序

拉开架势长吸一口气准备写书，这种心情真是豪迈啊。

以前别人问我："陈赫，你除了演戏之外，还有什么专长吗？"我会深沉地回答："玩、游、戏！"现在好了，如果再有人这么问的话，我还可以告诉他："看到没有，我还会——写、日、记！"

这本书当然不是日记。日记的主人公是自己一个人，而书里的主人公有两个：一个当然是我，另一个则是跟我一起跑完了13年爱情马拉松、过程中刷过无数个副本、挑战无数个任务、披荆斩棘携手进退最终战胜终极大 BOSS 的女主角——郑重地给大家介绍一下，她叫许婧。

14年前，那个女孩子是我的初恋，现在她是我的太太。每次谈起这件事情，我都骄傲得恨不得用下巴俯视世界——哥把初恋谈了13年，最后终于修成正果了，就像是在做梦一样。哥实在觉得自己帅爆了!

"好男人就是我,我就是——曾小贤。"

这是我在《爱情公寓》里念了五年的台词。每次念出的时候,我都会发自肺腑地挑动一下眉毛,勾勾嘴角。托各位的福,这句话现在已经扎扎实实地进驻了我的生活,成为了我的坐标。于是有些没溜儿的死党经常一边咧着嘴、一边反反复复地问我这个问题:"'好'哥,当一个好男人累吗?"

"装"好男人当然累!生活又不是演戏,在不想笑的时候装出一个笑脸来都累死人了,何况要装得温良恭俭、鞍前马后地博得生前身后名。但是,当你真的作为一个好男人生活的时候,当你发自肺腑地去关爱自己的另一半,并且感受到另一半的满足、感动和回馈的时候,不累!做个好男人很自由,很潇洒,很有成就感,最重要的是——超幸福!

好男人能感受到来自这个世界最大的善意,这种感触清新到蔚蓝,浪漫到粉红,像黑白一样简约自然,却也像彩虹一样绚烂纷呈,这种感觉在一呼一吸间都融化在你的肺腑里,让你打心眼里感觉到温暖。

所以，这是一部陈赫版的《老爸老妈罗曼史》，是一部装订成册的老时光新记忆，这里面载入了我和女主角从邂逅、初恋到终成眷属的许多好玩好笑的、可爱浪漫的、惊心动魄的、虎口脱险的点点滴滴。重要的是，它是一部好男人的养成手册，也是一本给天下男人的爱妻指南。在这里，我有很多故事、很多经历、很多的感触和悄悄话，希望和亲爱的各位分享。

　　做个好男人吧！我想说，这个世界对好男人无比友善。

目录

第三章

因为爱，所以妥协

第四章

守得住才叫爱

第五章

最终的梦想进行式

第 一 章　　好 男 人 就 是 我

好男人都去哪儿了

遇到友善待你的人，懂得要回报以友善，尽量不辜负别人，不让相信你的人失望，这是只有成长之后才能拥有的领悟，是极为温和而强大的力量。等到了那个时候，男孩才算是真正长大了，他们蜕变为男人。

只有这种力量，才能让一个男人温润如玉。

人们常说："男人不坏，女人不爱。"我始终觉得这是个天大的误会。谁会爱上坏男人呢？女人爱上的是"坏男人"身上独特的魅力，这些魅力是由许多细细碎碎的缺点和优点共同组成的。当沉醉在其中的时候，每一个爱上"坏男人"的天真得要命的女孩，都盼望着这个男人最终能够脱胎换骨，把缺点统统改掉，将优点一个劲地发扬光大，最终修炼成为属于自己的绝世好男人。

能不能呢？能啊。

就从我说起吧。我一直觉得"相由心生"这四个字是有道理的。一个人的性格是什么样子，多多少少会从这个人的外貌和举止上看出点端倪。小伙伴们看看我的外形和气质，一定能猜到生活中的陈赫绝对不会是乖乖牌男生。

没错，恐怕比你想象得还要更不乖一点。

由我自己来总结的话，小时候的陈赫个性十足、富有领袖气质而且充满冒险精神。但如果让老爸老妈还有当年的邻居来翻译一下的话，这几个形容词大概会被他们浓缩成四个字：超级淘气！

我在小时候的确很调皮。现在无论是在微博、还是微信上，经常能看到朋友们咬牙切齿地吐槽身边"熊孩子"的所作所为，我看着看着就会吓出一身冷汗——惭愧！当年的我也是个不折不扣的"熊孩子"啊！

因为老妈从事话剧工作的关系，我从小在文艺大院长大，住在一个院子里的邻居都是老妈的同事。那个时候大院的邻里关系特别好，每家每户都像是老朋友似的，年纪差不多的小孩子每天也会聚在一起玩。一不小心，我就变成了"孩子头儿"。按小朋友们的话来说，当时我应该算是院中一霸的角色吧，一天到晚带着大家在院子里横冲直撞，把那时流行的《足球小将》《圣斗士星矢》《魔神坛斗士》，甚至《机器猫》里的角色都扮演了个遍。在小伙伴里面，我年龄不是最大的，但鬼主意绝对是最多的。那个时候谁家被打破了窗子，或者是发生了更加离谱的坏事，往往不是我干的，但多半是我指使的。而且小孩子疯起来根本不顾结果，我又是那种胆子巨大、鬼主意巨多的"熊孩子"，导致可怜的爸妈天天要为我的胡闹而善后，准备各种好话和礼物去跟邻居赔罪。现在想起当年，老爸老妈恐怕还会是一肚子气。

上学之后的陈赫依然是个标准的坏男生。上课是肯定不听讲的，放学是天不黑绝不回家的，功课是基本不去理会的，每次考试都居然还是能惊险过关的……院内一霸的孩子头身份延续到了学校里，在我身边依旧是小弟无数、追随者众多，我依然是个让老师和家长都头痛无比的"熊学生"。不过，身处叛逆时期的我有着非常懵懂、却又非常坚决的理念：凡是大家都按部就班去做的事情，就一定不好玩；老师和家长一致要求去做的事情，也一定超、超级没个性。我想做个与众不同的小孩，走出与众不同的道路，用陈赫的方式定义自己在世界中的位置。在漫画和武侠里，主人公不都是这么告诉我们的吗——"我路由我不由天"。

于是学生时代的陈赫俨然是个不良少年，拥有自己的正义观和侠义心肠，对读书学习和三好学生不屑一顾，把兄弟义气、两肋插刀当作衡量男人的唯一标准，每天花大把的时间用来维护"校园和平"，以及构架自己心中的江湖世界。

小孩子的审美都是很统一的，在那个《古惑仔》和《灌篮高手》次第盛行的年代，不良少年是最受欢迎的存在。谦虚描述一下的话，我当年在校园里真的是人气爆棚、运动全能、小弟众多。无论走到哪里，我都会成为小伙伴们关注的焦点，当然也是老师们关注的焦点。

不是有那样一句话吗？青春是用来潇洒的，不是用来理性的。大把的理性时间可以留给以后，而青春就那么短短几年，再不疯狂就老了。属于我的青春时光，都被我物尽其用地疯狂到了淋漓尽致，于是即将三十而立的陈赫如今可以大模大样挑着眉毛对自己说："年轻过，不后悔！"

当时的我无论怎样粉饰，也实在和"好男人"三个字没有半毛钱关系。

好男人是什么样的呢？当然是曾小贤那样的。

他闷骚、他怯懦、他胆子超小、还有点二，时常被评价为"小贱男"……当然，这些都没关系。重要的是，他知道朋友的珍贵、感情的重量，他珍惜自己、也珍惜身边的每一个人，珍惜到中了五百万后想到的第一件事情，就是要实现身边朋友的愿望；珍惜到对心爱的女孩不敢轻易开口，生怕爱情会像醇酒一样，一旦启封就飞快变质，宁愿贱贱地、默默地多年如一日悄然守候。

虽然在生活中，我与曾小贤的性格差别比较大，但是我会非常乐意拥有这么一个朋友和死党。我会推心置腹地给他很多建议，当然也会聆听他的意见、接受他的帮助。在我心里，曾小贤是个让人如沐春风的家伙。

而坏男人嘛，远在天边近在旁边。吕子乔同学就是把"坏"字写在了额头上的标志性人物。

他花心、滥情、不靠谱、爱钱如命、行事轻率，就算对朋友都会满嘴跑火车，别说和他做情人了，就连做室友的安全度都是负数。当然，子乔同学也有自己的优点和魅力，正是这种魅力吸引美女无数，也坚守住了爱情公寓里大家对他的友谊。但没法否认，他依然是女孩子的毒药。如果没有一个女孩有本事让他从此改变，那么这家伙将会永远都是毒药。

少年时代，我与让人如沐春风的曾小贤相去甚远，反而是吕少爷的性格更加接近那时候的我。（当然不是花心这一点！）我跟他一样，在那段时间里活得天马行空、罔顾左右。

现在的陈赫当然和那时候不一样了。每当别人喊我"好男人"的时候，我会甘之如饴且心安理得地收下这个称呼，而不是把它当作角色的标签而已。我也相信，他们都是发自肺腑全无调侃的。他们真的认为我当得起"好男人"这三个字。

到底为什么会改变呢？这是一个连我也感到疑惑的问题，认真总结的话，大概只能归结为：这个坏小子长大了。

很多人都会说长大是一瞬间的事情，或者是在某事某物某人的催动下倏忽而成。但我怎么想都觉得，长大是无数个分秒瞬间缔造的事情，它是一个过程，而不是结果，推动你成长的某事某物某人在你的生命里匆匆来去，你要用心消化才能体味这些影响。随着年龄的增长、阅历的增加、格局的开阔，我们看待事物的角度自然会发生变化，我们能够理解五岁的自己因为吃不到糖果而号啕大哭时的心情，但毕竟，不会再重复当年的自己。

在我的定义里，这就是成长。它无声无息，却近乎奇迹。

所以，亲爱的女孩子们，如果孩提时代有些淘气的坏小子让你烦不胜烦的话，请多多宽容他们吧！男孩子在小的时候多半是没心没肺的，他们需要时间去长大，去认识自己，甚至是去寻找自己，从中辨认出这个世界给予他们的定位、赋予他们的责任，以及馈赠给他们的担当。等到那个时候，他们才会惊觉自己是个男人，应该去保护家人和身边的朋友，而不是给他们制造麻烦；应该去用努力和汗水拼搏出自己的理想，而不是在臆想中幻想自己想要成为的那个角色；应该坦然接受来自四面八方的压力，并把它们转化成前行的力量，而不是对着这个世界仰天大喊："你对我不好！你怎么能这样！"

最重要的是，他们知道了自己应该珍惜来自他人的善意，哪怕是微小点滴的善意。除了家人之外，没有人有义务对你好。遇到友善待你的人，懂得要回报以友善，尽量不辜负别人，不让相信你的人失望，这是只有成长之后才能拥有的领悟，是极为温和而强大的力量。

只有到了那个时候，男孩子才算是长大了，他们蜕变为男人。

坏男人的悲剧在于：他们永远是孩子，哪怕事业有成、功成名就，他们也依然有着劣童的灵魂。这种灵魂自我、任性、不负责任、缺乏担当，轻易地伤害别人，却又不以为然地一笑而过。被指责的时候他们会无辜地说："这能怪我吗？我有理由的。"凡事都有理由的，但理由不等于是伤害别人的借口。这恰恰是只有好男人才知道的事情，而成熟，也是好男人才能拥有的力量。

只有这种力量，才能让一个男人温润如玉。

原来你也在这里

什么叫做一见钟情呢？原来，那并不是如同被落雷击中的夸张感觉。

相反，那是一种很安静，甚至很自然的体验，像是你因为伸懒腰而抬头的时候却忽然在阳光之中看到彩虹。你很自然地惊喜，然后微笑，不自觉地眯起眼睛去细数它的颜色。

对我而言，做演员是一件非常愉快的事情。因为这份事业会让我接触到很多高于生活的生活，感受到剧中角色不同的人生与领悟。除了可以拥有众多亲爱的粉丝之外，这种精彩纷呈的体验应该算是身为演员最大的福利。

一部电视剧可能有多个男女主人公，他们各自引领一条线索完成整部剧情的发展。但在生活里，主人公当然永远是我们自己。

而我接下来要介绍的，就是《陈赫的一生》这部大部头、长跨度的人生大戏中的女主角——许婧。

在这部戏里，男女主角的相识要追溯到 14 年前。

在 14 年前，陈赫还只是陈赫，演艺路途的距离非常遥远。世界上还没有一部叫作《爱情公寓》的电视剧，而"曾小贤"这个名字更要等到很多年后才会进入到我的生活里。那个时候的我第一次邂逅了许婧。而我并不知道，那就是我将一生挚爱的女孩。

缘分是什么呢？

人就是这样，对于自己没有体验过的事情总是将信将疑地充满好奇。在遇到我的女主角之前，如果有人问我："你觉得一见钟情会是什么样的感觉？"我一定会喷笑出来，然后想象力爆棚地告诉他，那大概是走在路上被雷劈到了一样的震撼吧！两耳轰鸣，全身麻痹，短时间内生活不能自理。一见钟情的概率大概也和走在路上被雷劈中差不多。

之所以会有这样的答案，是因为那时候的我还是个以陈浩南和三井寿为人生目标的"中二少年"，心里的江湖海阔天空、无羁无绊，对女孩子和谈恋爱这码事完全不关心，甚至还会觉得——

儿女情长嘛，免不了就要英雄气短，围着女孩子团团转这种事情根本不是吾辈风范。而被雷劈中，已经是当时的我所能想象出最靠谱的答案了。

然后，这个想象力爆棚的"中二少年"终于在一次午休的时间里，在校园内体验到了他不屑一顾的一见钟情。

"只是因为在人群中多看了你一眼。"这句歌词完完全全可以镶嵌在我和老婆的婚纱照上。第一次听到这首歌的时候，我的确有一种被落雷击中的震动，惊呆好几秒后仔细咀嚼这句话，顿时感慨得稀里哗啦。

我和许婧在同一所中学念书，但我比她高一个年级。学校里面有几百个学生，又有着年级的跨度。她是那种在每个班里都会有一个的品学兼优的班花，而我则是那种每个班里同样都会有一个的问题少年。我在男生堆里风风火火、横冲直撞，每天霸占着操场上的各种体育设施，她却是性格文静、和陌生人几乎不说话的女生。我出生在演艺之家，而她成长于书香门第，除了身在同一所学校外，我们的人生没有丝毫交集。按照当时的情况发展下去，如果我们没有遇到彼此、认识彼此，之后的人生也不可能再有交集。我会先她一年毕业，走向遥远的大学，而她在回忆中学时代的时候，顶多能记起操场上总是活跃着一个篮球打得还不错的问题男孩，至于能否想起那个男孩的名字，这个问题有待商榷。

所以，每当回忆起当年，我都有一种想要感谢上苍的冲动。老天爷，谢谢你，我们的故事里面没有"如果"。

说到这里，不得不特别感谢的另一个家伙是我的同学。严格说起来，就是他把牵绕我和许婧的"红线"一把塞进了我的手里。

我们的红线是一只玩具喷水枪。这件东东跟浪漫一点边儿都沾不上，八成还有反效果。但事情就是这样发生的。

我当时正在教室里午睡，突然间被那个家伙粗暴地摇起来，睁开眼睛就看到他手里端着一把堪比 M45 的巨大喷水枪。他像是落汤鸡一样，一边甩了我一身水一边告诉我，楼下的女生都在围攻他，要我赶紧去火力支援。然后就把一个花花绿绿、巨傻无比，而且大小只及他手里武器三分之一的喷水枪塞到了我手里。

当时的我困得要命，也烦得要命，但为了跟兄弟同仇敌忾，还是无比仗义地走到楼下加入战团。

在同样拿着水枪嘻嘻哈哈地"围攻"着我们的一群女孩里，我看到了我的女主角。她是那种在目光飞快撇过之后，会在你眼中留下一道光晕的女孩儿。白白净净，纤纤小小，长头发，单眼皮，笑起来眼睛弯弯，可爱到无敌。

在校服的包裹之下，这种属于她的光芒诚然特别，但是丝毫也不张扬和外露，稍不留心就会擦肩而过，以至于我和她同校多年，也没能察觉到她的存在。（小学的时候我们就在一个学校了，那是后来我才知道的事情。）而那一天，我的目光在飞过她许多次之后，终于宿命性地聚焦在她的身上。

什么叫做一见钟情呢？那个时候我知道了，原来，那并不是如同被落雷击中的夸张感觉。相反，那是一种很安静、甚至很自然的体验，像是你因为伸懒腰而抬头的时候却忽然在阳光之中看到彩虹，你很自然地惊喜，然后微笑，不自觉地眯起眼睛去细数它的颜色。

惭愧的是，"问题少年"表达关注的方式实在是很欠打。那个中午，我举着巨傻的小水枪，追着我目光的焦点一通穷追猛打。午休时间宣告结束，她也惨败得浑身湿透，而那个时候我才想起来问身边的朋友："喂，她是谁呀？"

我第一次体会到了所谓心动的感觉。而这种感觉，实在是后劲十足，像是口渴的人想方设法去寻找水源一样。我开始关注她，知道了她的名字，她的班级，她的闺蜜，她的爱好……然后突然意识到，我得让她做我的女朋友，这件事情不需要理由。

世界上关于爱情的故事有很多种，青梅竹马的，细水长流的，干柴烈火的，欢喜冤家的……而属于我们故事的开端，叫作一见钟情。

我曾经并不相信它，直到我真的体验到了它。我曾经觉得喜欢一个人怎么可能会莫名其妙地开始，总要有点理由吧？现在我知道了，"理由"这两个字是非常理性的，理性到可以用数据去分析出来，那是需要长久接触才能总结出的结论。而"第一眼看到你，就喜欢上了你"，这是截然不同的存在，它悄无声息，却近乎本能，也许是直觉，也许是气质的吸引，也许是感性的爆炸……又也许，这只是缘分在说话，而你听到了它。

让我拥有坚守的力量

把自己变好，这是早恋带给我的感悟。让自己配得上这份感情，让自己拥有坚守的力量，让我能保护自己的女朋友，而不是让她一再面对压力；让自己能证明给全世界看，她跟我在一起，一定会幸福。

"问题少年"变成"好男人"，也许正是从那时候开始。

首先必须说明，早恋是不提倡的。

学生时代的我们无论如何都应该以学业为重。在说出这句话的时候，纵然连我都会觉得自己有些面目可憎。但就像一个艺人在拍戏时要以角色为重，在人生不同的时段里，我们始终扮演着不同的角色，学习对于学生而言是分内之事，而恋爱就绝对是非分之举了。

　　但是，即使不提倡也没有办法。因为喜欢这件事发乎本心关乎本能，是一件无法由自己去主导的事情。肚子饿的时候可以用理性去克制饥饿吗？不能。理性能够克制的只是你去找东西吃的行动，而饥饿是你无法阻止的生理反应。同样，在喜欢上一个女孩的时候，你再坚强也无法让自己的心跳无动于衷。

　　这就是现在的我为当年的自己所做的辩白。而当年嘛，辩白啊借口啊什么我压根都没有考虑过——一个男人去追求自己喜欢的女孩，这难道还需要向谁解释什么吗？

　　追求女主角的过程对我来说顺风顺水。回味起来，那是一段超级新鲜和好玩的体验。喜欢一个女孩应该做点什么，又应该怎么表达呢？之前的我完全没想法，但一旦喜欢上之后，就发现根本不需要有想法，你的本能会把你带到她的身边的。

　　用许婧的话来说，当时的我超级霸气，经常耀武扬威地带着一群"小弟"蹲在她的班级门口等她下课，随时塞过来她完全不需要、而且收到后也不知道该怎么处理的各种零食，像护花使者一样两手插兜、晃晃荡荡跟在她的左右，用气场吓跑她身边的男生朋友……最棒的是，我的小伙伴们也超级给力，那段时间她简直是被来自四面八方的"在一起、在一起"的声音淹没掉了。每到课间，就有各种认识的、不认识的，甚至是莫名其妙的家伙跑过来不停地跟她推心置腹，"陈赫喜欢你哎，你觉得怎么样？陈赫那人真的不错哎……"

学生时代的我和好学生格格不入。在遇到她之前，我压根也没想过自己会对乖乖牌的学霸感兴趣，以至于在听说了她的成绩之后吓得流了一头汗，心里暗说行不行啊？乖女坏男的组合，这会不会太戏剧化了啊？

幸运的是，我的女主角是那种个性十足的学霸，尽管是老师和同学眼中的乖孩子，却也深藏着满腔叛逆，对于我这个在学校里叱咤风云的"问题少年"早有耳闻（也许是从"黑名单"上听来的），并且也丝毫不反感。大概港剧和日漫的流行真的帮了我不少忙，又大概，我们每个人都会在心中去追逐那些与自己生活迥然不同的人生吧。

总之，当我故作大大咧咧而实则心跳超速地问她："喂，能不能喜欢我啊？"她眨巴着眼睛回答："可以呀！"

直到现在，写出上面那段话的时候，我还是会忍不住地咧嘴微笑。

就这样，在同学的关注、小伙伴的祝福，以及老师的暴怒中，我们早恋了。

其实，少男少女之间的感情，尤其是初恋这种感情，是非常单纯而透明的，萌生好感之后想要做的无非是"待在她身边"而已。因为看到她就会开心，想跟她说说话、聊聊天，把之前属于自己一个人的时间全部变成两个人可以分享的时间，然后大模大样地带她一起走在校园里，向大家炫耀这是我的女孩。初恋的感情单纯到仅此而已，至于今后如何、未来怎样，对于当时的我们来说，那实在是太遥远的话题。

但是对于老师和家长来说，今后和未来恰恰是他们暴怒的原因。

在学校里，乖女坏男确实是过于瞩目的组合。我早已经是全校闻名的"重点人物"，大概在我身上发生什么离谱事件，老师也已经早有免疫，不会觉得很吓人。但她就不一样了。许婧是那种从小到大被人一路好评毫无劣迹的神话级好学生，成绩好到了令人嫉妒的程度，老师们对她前途的断言一致指向清华和北大，所以当他们赫然发现她居然和我走到一起之后，可想而知那是怎样天崩地裂一般地反应。

这就是最糟糕的事情了吗？还不是呢。我有没有说过——女主角的老妈恰好是我们学校的老师？虽然没有教过我的课，但肯定对黑名单上的陈赫耳熟能详！

那个时候承受最多压力的是我的女主角。她出生在教师家庭，原本对学生早恋这件事情就如临大敌，而这个让人超级省心的女生一向是她父母的骄傲。在遇到我以前，我的女主角从未让她的父母失望过。

在学校里老师会找她谈话，回到家里"老师"依旧会找她谈话。谈话的内容我不得尽知，但每一次她转述给我的时候，都带着轻描淡写和一点点调皮的味道。这个过程中所有的压力，所有的困扰，所有的取舍和挣扎，她很少提起，但我可想而知。

事到如今，我会真诚地感谢当年老师们的善意，他们真真切切地在担心我们的前途，生怕早恋会给我们带来糟糕的影响。这是在尽一个老师应尽的职责，我深深感激。

我更感激的，是许婧的坚持。

当外部压力，甚至是来自家庭压力迎面而来的时候，她仍然毫无动摇地站在我身边，牵着我的手。她自己说："这只是因为我那时候很叛逆而已啦。"但是我依然不能不珍视这份坚持，我无法不打心自问："陈赫，你是否值得这样的坚持？"

属于我们的这段"早恋"，它让我新鲜，让我愉快，让我满足感爆棚，也让我心惊胆战。然后，它让我审视自己：你应该怎么做，才能让这段感情不至失色？

我们面对了质疑，面对了禁止，甚至面对了断言——长辈说："你们这样根本不会有结果。"而恰恰是这些，让我们像迎接挑战一样握紧双手。就算是赌上面子，也要拼出个结果来给大家看。

男孩是怎样长大的呢？大概就是这样长大的。每一次打心自问，都会让我们更加成熟一点。当我知道有那么多人不放心的时候，让他们放心就成为了成长的动力；当我知道有那么多人断言我们无法长远的时候，就算赌气也要赌出对未来的思考。

把自己变好，这是早恋带给我的感悟。让自己变得配得上这份感情，让自己拥有坚守的力量，让我能保护自己的女朋友，而不是让她一再面对压力。让我能证明给世界看，她跟我在一起，一定会幸福。

"问题少年"变成"好男人"，也许正是从那时候开始。

看不见的是梦想，看得见的是理想

理想是你为之努力的梦想。你在众多梦想中筛选了它，认定了它，开始为了它而充实自己，改变自己，懂得应该为此付诸努力和汗水。在过程中你也曾碰壁，也曾迷途，你也沮丧得甚至会怀疑自己当初的选择，但你始终不曾放弃，一步一步将它走成了自己的人生轨迹。在这条轨迹上你大概只能看到模模糊糊的未来，但正是为了这样的未来，你情愿倾尽所有。

在电影《少林足球》里，星爷去酒吧找到大师兄黄一飞的时候说："做人如果没有理想，那跟一条咸鱼有什么区别？"

第一次看到这句话时，我像是被打通任督二脉一般地震撼。世界上所有的经典金句都有共同魔法：它们跨越时间、国度和环境，无论何时跳到你面前，都会"咣当"一声把你震傻。在我的心里，很多次都是这样朦朦胧胧想的，但是却从未把它描述出口，而现在像是有人把这种想法从我的肺腑里掏出来，热乎乎摆在面前一样。那根本就是来自你灵魂的声音，所以才会受到如此巨大的震动。

每个孩子在小的时候都会遇到三大难题：第一，爸爸好还是妈妈好？第二，喜不喜欢上学？第三，你的理想是什么？

最后这个问题，通常是语文课上老师给的命题作文，小朋友们多半会被一个一个地叫到讲台前面严肃回答。那时候未来的"科学家"、"宇航员"、"医生"、"老师"基本上泛滥成灾。就算真的有人和我一样，打心眼里想做保护女神的圣斗士，也大概没勇气说出真话。

但是我真的很想做圣斗士啊！想想那是多么让人热血燃烧的设定，我还给自己设计过圣衣呢！除此之外，蝙蝠侠、超人、奥特曼、变形金刚也都很帅啊。孩童时代理想众多，而且瞬息万变，基本和当时接触到的动画片数量成正比，无非是：我想成为这样的人；我想拥有这样的超能力；我想去到某某世界里去冒险……步入学生时代之后，我残酷地知道了理想是不可能超越人体构造的，而崭新的偶像也随之进入了我的生命。所以，到底是成为足球小将还是灌篮高手，这成了我纠结的新问题。

就算现在，提起那些煞有介事的人生目标时，我还是会心动不已。虽然我知道它们永远无法实现，但在当年，那些精彩的向往的确是我成长的动力。每一个孩子的少年时代，都一定会有那么几个英雄存在于心，他们伴随你成长，悄然地向你施加影响。通过一个个惊心动魄的冒险故事，把他们的精神内核铭刻在你的心里。你看着他们的故事学会勇敢，学会正义，学会认识挑战的乐趣。你很难否认，你如今的性格成因跟当年的偶像毫无关系。

这是偶像的魅力，也是梦想的魅力。

而理想跟梦想是截然不同的存在。现在认真总结一下的话，我人生中堪称靠谱的理想一共有三个。

首先，我想做个厨师。

这倒不是因为偶像的原因，只是生理需求逼迫我产生的向往。

少年时代的我超级能吃（就算现在也是这样），而且不是普通的饭量惊人那么简单，在对食物的数量有要求的前提下，我对品质和口感也都格外挑剔。据说我在连话都讲不清楚的时候，就已经能清晰地分辨送入口中的蛋羹到底是家养土鸡蛋，还是鸡场供应的量产货。对于后者我会毫不犹豫地吐出去，然后号啕大哭开始抗议。稍微长大一点，到了那种刚刚能上街"打酱油"的年纪，我会因为吃海鲜时家里的酱油不是海鲜酱油这种事情不满到罢食，非要跌跌撞撞跑去小卖部买一瓶配得上这餐美食的标配调料。其实我实在不算是个坏脾气的人，但在吃东西这方面，在每一次想要舒舒服服享受一顿美餐的时候，如果餐盘内的食物不够新鲜美味，或是烹饪方法出了错——比如过甜、过咸、或是火候过大，我真的会很不爽。这一度让我的老爸老妈震惊不已，他们肯定无法理解我的挑剔和偏执，只会觉得他家小孩是不是出生的时候加错了"天赋"，噼里啪啦把"技能点"全都集中在了舌头上。

其实，我只是对生命充满尊重，对食物也格外珍视。如果一条鱼烹饪出来不够新鲜，一只羊、一头牛摇身上了餐桌后无法散发出本来的香味，那它们岂不是白白送命了。哪怕是蔬菜，如果不是每一盘都碧绿生鲜、入口纯粹，也太过辜负它们在大好时光下的生长。把好好的菜肴做得潦潦草草，那真是厨师对于生命的亵渎。

针对我的理论，老爸老妈一致批为谬论。工作繁忙的他们对我无敌的胃口和挑剔的舌头头痛不已。对于每顿饭，我经常会有明确想吃的东西，老妈辛辛苦苦做出来之后，又经常难以让我满意。终于有一天，老妈忍无可忍地跟我说："想吃什么自己做吧！我教给你。"

于是，还是小学生的我有模有样地系着围裙站在炉灶前，按照老妈的指挥又是洗菜、又是切肉、又是热锅、又是挥铲。现在回想起来，那应该是个很有爱的画面。而更有爱的是，我的首次烹饪大获成功，味道居然很是那么回事，老爸老妈当然盛赞我的手艺。从此以后，他们常常"奸诈"地躲在一边"偷懒"，他们教授我各种做菜的方法，而我听一遍流程之后自己去尝试，也差不多都能端出让人满意的成品。我无法否认，这一定和天赋相关。

渐渐地，从简单的复制到自发的创意，我对做饭越来越感兴趣，这种兴趣发展到出门在外只要吃到一顿让自己惊艳的美食，就一定会想方设法琢磨出它的配料和做法，自己在家里尝试着重现一遍经典。

没办法，我的壮志是吃遍天下。而当个厨师似乎是可以很便利实现野心的方法，这就是我理想的源头。

至于现在，应该说我的理想已经实现了，我的确已经成为了一名可以把美味信手拈来的厨师——不是豪华餐厅内的顶级大厨，而是"私家小厨"里对烹饪甘之如饴的家庭厨师。

　　一个大男人下厨做饭会很奇怪吗？不管别人怎么说，我觉得完全没什么可丢脸的。烹饪是一件充满艺术性的事情，在我看来它和化学实验一样好玩，像画家绘画一样具有创造感。油盐酱醋就是调色板里的各色调料，铲子为画笔，锅是画布，"唰啦"一声下去，我的作品就活色生香。而当个厨师最棒的一点是：当你亲自下厨，做饭给家人、朋友和爱人的时候，他们眯着眼睛认真享受的样子实在让人成就感爆棚。直到现在，在家休息的时候，我也会经常下厨做饭给老婆吃，无论是烛光晚餐还是扬州炒饭，我都有本事让餐桌氛围浪漫得一塌糊涂。我的老婆享受美味，而我享受她的满足。大概，这就是人们所说的"生活中的小幸福"吧。

　　人生中第二个正经的理想，是做个古惑仔。

　　请理解我啊！我的学生时代正好是香港电影风靡的时代，电影里面的义气、热血、兄弟、江湖，对我这个"问题少年"来说简直是标杆一样的存在。直到现在，我还清楚记得第一次在电影里面听到陈浩南说，"我陈浩南出来混那么久全靠三样东西——够狠，够义，够人多"时，那种豪情上涌血脉贲张的激动感觉。

那个时候的我信奉"热血江湖兄弟义气"，信奉"低头要勇气抬头靠实力"，信奉"天下大不平非剑不能消也"。我信奉的，是一种超脱世俗之外的道德观与正义观。我看到了那个世界的光鲜，它简直像是烛光诱惑着小飞虫一样，诱惑得我不能自已。

这个理想没有被落实下去，要不然现在演员身份的我也没办法出现在你面前。

人的想法会改变，无非两种原因：一个是振聋发聩的外来声音，一个是潜移默化的内在自己。我的改变属于后者。老师和长辈给过我无数告诫，我一律没当一回事，甚至觉得那是我的问题，我的道路与他人无关。直到许婧的出现。那个女孩成为了我的女朋友，她加入了我的人生，让我在思考未来的时候没办法撇开她不管。

在临近高中的毕业季，长辈和来自我内心的声音一起在问："陈赫，以后你准备怎么办？"

做个耀武扬威的古惑仔似乎的确潇洒，但好像和养家糊口背道而驰。我希望自己拥有坚守爱情的实力，让身边的人放心地祝福我们，这总不能真的去靠打打杀杀来证明。我希望做一件自己喜欢的事情，以此为事业，让我把时间、经历、青春、热血统统投入进去。我并没有野心力求万众瞩目的成功，但那份事业至少要证明我生命的价值才可以。更加重要的是，它总要能给我和未来的老婆一份生活的保障啊。

于是，我终于想到，其实做个演员就很棒不是吗？

在和许婧商量，说我想报考艺术学校的时候，她了然地点点头说："去吧，我早就知道你以后肯定会是个演员。"

有这么宿命吗？但也许，理想真的是一件跟宿命相关的事情。

我老妈做了一辈子话剧演员，从小我就会跟着老妈参观她们的排练，那是特别好玩的记忆。我在很小的时候，就对舞台、灯光、布景了解得一清二楚，偶尔也会帮老妈的剧团串串场、配配戏，演个小孩的角色。虽然对舞台接触很多，也觉得演戏非常有趣，但它像是我娱乐的一部分、或是生活的一部分一样，我还从没有把它当作未来的事业来考虑。

但是，维克多·雨果不是说过吗：每当一个想法到了该出现的时候，什么也阻挡不了它，就算是所有的军队加起来也不行。这是雨果临终前一夜写在日记中的一段文字，它清晰得像是我们灵魂的影子。

有时候看起来，我们的选择是一念之间的事情，但其实那一念早已深埋你的骨血。我们生来就注定了自己的生命轨迹。环境给予每个人性格，然后性格推动他走向既定的环境，在这个过程中，重重的选择和所得看起来都是偶然和机遇，但注定的方向其实都早已根植生命，只等时间到来的那一刻。

在诸多梦想中，我选择了最终的理想，并且夜以继日地努力实现它，完全不用讳言，这是让我非常骄傲的事情。

梦想这东西，并不珍贵，全世界 60 亿人每人怀揣一万八千多条，把眼睛一闭就能在想象中尽情缔造。而理想，那是你为之努力的梦。你在众多梦想中筛选了它，认定了它，开始为了它而充实自己，改变自己，懂得应该为此付诸努力和汗水。在过程中你也曾碰壁，也曾迷途，你也沮丧得甚至怀疑过自己最初的选择。但你始终不曾放弃，一步一步将它走成了自己的人生轨迹。在这条轨迹上，你大概只能看到模模糊糊的未来，但正是为了这样的未来，你情愿倾尽所有。

到此地步，梦想可以称之为理想了，无论在此刻它实现与否。

小王子说："正是你花费在玫瑰上的时间，才使得你的玫瑰花珍贵无比。"我们为理想所花去的时间，让我们的人生与众不同。

把世界增大一倍

　　距离是什么呢？它会拉开你和爱人的生活圈、朋友圈和交际圈，它会拉开你们对世界看法的差别，让两个人无形之中越来越远，直至难以沟通。

　　如果是这样，让我死缠烂打地融入你的世界吧，同时把我眼中和心中的世界全部带给你。我们生活在各自的领域，但并非彼此阻隔，它们是可以交融的，我们用彼此的眼睛观感世界后，世界对我们来说增大了一倍，而不是变成了两个。

　　《毕业那天说分手》是当年流行一时的一部小说。直到如今，它也是大学校园里的一句流行语。认为它是"情侣去死去死团"的险恶诅咒也好，说它是现实生活为爱情童话刻下的残酷烙印也罢，总之对于学生恋爱党，这句话已经成为了很有人气、也很无奈的一个共识。

　　这并不是年轻人的薄情和寡义，反而是对责任的另一种承担。

据说，校园恋爱终成正果的成功率低到离谱。朝夕相处的学生恋人一旦毕业，面临的大多是劳燕纷飞。故事里的一对主人公为了不同的理想而去往不同的城市，遥远的距离、迥异的环境、差异越来越大的交际圈，注定成为他们必须面对的障碍。面对浩瀚的难题和障壁，他们选择在最后一次说"我爱你"后双双将手机扔出窗外，笑着分手，将青春时代最完整、最好看、最无瑕疵的恋情封存至永远。

不能不说这也是一种勇气。毕竟那首狠狠打动过我们的歌里也会这样问："离开真的残酷吗，或者温柔才是可耻的。"

无论别人的决定如何，我们没有评论的权利，我们没有经历过别人的经历，故此无法体会别人的放弃。在感情这回事上，最有自知之明的做法是不言对错，只问自己。

如果问我的话，我一定不甘心这样的选择。就算重新来过一万次，当年的我依然会对许婧说："等我。"

在同一个学校里朝夕相处地度过近一年的时间后，第一次跟许婧分开，是在我升高中的时候。临近毕业时，我也算是发愤图强了一次。因为那时候的我就严肃考虑过这个问题：如果高中依然能在一起上学，那就太完美了！

　　为此，我问过许婧心仪的学校。不知道该让我骄傲还是悲哀，我的老婆大人学习成绩实在是太好，好到她理想中的高中彻底让我高山仰止。我临阵磨了几个月的枪，依然以十万八千里的差距落榜于她的目标。在成绩公布之后，我甚至连沮丧两个字都不好意思提，她则是笑咪咪地问我："要不然明年轮到我中考的时候，我勉为其难地'失利'一把，将就一下你好了？"

　　"不要！"

　　我的回答当然是不要，再怎么想在一起也不能以扯后腿为前提。我对她说："你好好考，哪怕考到火星去，我也天天去你的学校门口蹲着等你。"

　　就这样，我先她一步离开学校上了高中。不过初中的看门老师一定会错觉，"是不是陈赫还没毕业？"因为每天上学放学，他都会看到我和许婧一起出现在校门口。我们相处的时间少了很多，但依旧保持同来同往。次年她升到高中，这个习惯也被我们保持了下去。我几乎天天不落地蹲在学校门口等她放学。我们两个的高中学校相隔不太远，只有大概 20 分钟的自行车车程，午休时间我也大多会去她的学校周边一起吃饭。不过，在她的强烈要求下，我还是很注意自己的仪表和举止，因而没有被扣上"可疑分子"或"不良游民"的帽子。不过在那段时间里，校园外那个每天准点出现、晃来晃去的"神秘男子"也一定成为了一时的话题。许婧的同学就曾经调侃过："这简直是爸爸来接送女儿嘛！你们要不要那么黏啊！"

"要啊！一秒钟看不到她就百爪挠心的心情，你们能不能理解啊？"

当然，这是夸张肉麻的回答。那时我们已经在一起两三年，颇有老夫老妻的情状，而这恰恰只是老夫老妻之间的习以为常。我习惯了接送她，她习惯了每天下学就看到我，我们凑到一起未必有那么多喋喋不休的话可说，但是只要待在一起，气场就自然地融洽下来，只要把手牵在一起，心里就会安稳下来。让我觉得，这就是恋爱啊，哪里还需要更加复杂。

三年高中匆匆过去，再一次的毕业季，我做出了报考上海戏剧学院的决定。我要离开这座城市了，真正审视这个问题的时候才惊觉，这个决定让我真的有一点点害怕。

陌生的人群，陌生的环境，陌生的际遇……这都是小事一桩。但让我最难以消化的是，在未来陌生的生活方式里，没有许婧在我身边。我能习惯吗？这算不算爱情里的重大考验？长辈常说，早恋最不靠谱的一点就是，将来你们会有不同的人生，去向不同的方向，各自还会遇到很多更好的人，那时你们就会知道如今的海誓山盟仅仅是因为年少无知。他们说的是真的吗？就算遇到一万个变故之后，我依然可以做到坚守如初，但是回过头来看一看，当初的那个女孩她还会等我吗？

爱情里面的不确定因素如此多，多到轰然堆在眼前时才发现，世界残酷到从未向我们保证过什么。所以，终成眷属的有情人才会被祝福，因为他们难能可贵。

难道真的要毕业那天说分手吗？还没有战斗就俯首，还没有尝试就放弃，我实在无法说服自己。用尚未发生的可能性来把自己吓跑？我做不到。或许我还幼稚，没有成熟到可以理性地分析生活的现实；或许对爱情二字还怀着初生牛犊不怕虎的莽撞；或许我只是骄傲，骄傲到觉得——万分之一的几率又怎么样。哪怕毫无先例，我也要尽力创造奇迹出来，给世界看看。

不试试，哪里会知道。

就这样，我对她说："你等我哦。"

许婧没有多说什么，她一直都是感情很内敛的女生，她鼓励我加油，嘱咐我保重，调侃我离开自己的一亩三分地后不要再"横行霸道"——如果大学老师要请家长的话，那叔叔阿姨（我爸我妈）可是要很辛苦地跑来跑去的……她只是没有说："你别走那么远好吗，我会不习惯的。"虽然她是那么舍不得面对分别。

可是，我看得懂她。

再想要在一起，却不能以拖后腿为代价。她也看懂了我的理想，我的未来，看懂了我正在走向一条通往演艺的道路。如果我成为演员，那注定是个奔波忙碌的职业。她看懂了如果我们想一直在一起，那么她只好习惯分别，习惯守候，习惯祝福。

她什么也没说，笑眯眯地接受了挑战。

我哪里有勇气让她失望啊！

上大学之后，我每天18个短信20个电话打给她，告诉她："这个学校太酷了！好多老师都是名人哎！我今天见到同学，立刻就交到朋友了……"18和20当然是估算的数字，实际情况恐怕比这些还要多。我的手机全天候都处在充电的状态。她没在我身边的那些时间，我拼命地想用她的声音全部填满。

所有人都说，上大学就像是从地狱走进了天堂。但对于我来说，反而在进入大学之后，才在学习这件事情上真正努力起来。初高中时代的我学习心态还很迷惘，根本不知道该为了什么而努力，只把上课当作教条和束缚。但当怀着明确的理想进入大学后，才开始知道学习和充电的重要。那一年的我非常忙碌，除了应付各种课业之外，还参加了许多兴趣小组，每天的空余时间除了恶补各国电影，就是和许婧通话。我大一的下半年，正是许婧备战高考的日子，我很担心会打扰她，只能每天像个糖心老爸一样在电话里重复"加油啊，好好吃饭，注意身体，我相信你……"这类陈芝麻烂谷子的话。

那一年，我非常想她。

等到她终于上了大学，我也彻底解禁了。那三年，每到周末我都会坐火车从上海赶去浙江，横跨 269.3 公里去看她。我们在一起过完周末，周日的晚上我再坐火车回学校。遗憾的是，我没能留下一张车票，现在想想这是有点可惜的事情。三年的时间，除去放假、有事或是生病的几次缺席，我往往返返为铁道部贡献了 144 张车票。

有人也许会问为什么，但这实在没有原因，就像吃东西、喝水和呼吸一样，爱情自然到不需要任何解释。三年的奔波对我来说，丝毫没有勉强的成分。当我在火车上昏昏欲睡的时候，也完全没考虑过感天动地的效果，只是想在她身边的时间多一点。仅此而已。

距离是什么呢？它会拉开你和爱人的生活圈、朋友圈和交际圈，它会拉开你们对世界看法的差别，让两个人无形之中越来越远，直至难以沟通。

如果是这样，让我死缠烂打地融入你的世界吧，同时把我眼中和心中的世界全部带给你。我们生活在各自的领域，但并非彼此阻隔，它们是可以交融的，我们用彼此的眼睛观感世界后，世界对我们来说增大了一倍，而不是变成了两个。

许婧的舍友对我们每周一度的约会是这样评价的："你们太夸张了！但是，你们这样太棒了！"

是啊，我们两个为此都很骄傲呢。

但是，如果听到别人对我说："哇，你为你女朋友付出好多啊！"那样其实会让我很尴尬。因为我打心眼里享受和她相处的时间，所有的奔波都是出于自愿，我不能一边获取享受、一边扮演那个"不辞辛苦甘愿奉献"的角色。我也许在奔波，而许婧也同样在认真守候，她对爱情的用心和呵护并不少于我，只是我们各自的方式不同罢了。说到底，爱情一定需要两个人都为之努力，哪怕有一方不够给力、不够坚定或不够勇敢，我们都看不到美满的结果。

四年异地，144 张车票，我和许婧的大学时代，它们是最有权威的见证者。

幸福是细火慢熬

　　在请求她说出"我愿意"之前，我需要让我的爱人放心，在未来的日子里我拥有保护她的能力、肩负家庭的实力。我需要我们的长辈放心，尤其是她的父母，我需要他们把自己的宝贝女儿交到另一个男人手里的时候，心里由衷地踏实，不会怀疑女儿今后的幸福。

　　我也需要自己放心，放心地接受这份信任，让自己不至于辜负于人。

　　《爱情公寓》第四季已经杀青，曾小贤的舍友也各自有了甜蜜的归宿，而他本人的感情依然悬而未决。网上网下对于"贤菲组合"的呼声很高，我打心眼里感到开心。虽然我在生活中会更加倾心诺澜这样性格温柔的女孩，但对曾小贤同学来说，胡一菲实在是不可多得的伴侣。像所有人那样，我也想对他说："小伙伴，别再婆妈了，你勇敢一点好不好啊！"

　　话虽是这样说，但我也很能理解曾小贤的踌躇。不管最终选择的女孩是谁，那种对待感情慎之又慎的态度并不是过错。我自己不也是把一段初恋谈了 13 年，才终于开口求婚的吗？

　　论起恋爱时间之早，我在同龄人中绝对是遥遥领先的。但直到去年的这个时间，我当年的同窗早已当爹当娘，至少也是新郎新娘了，我依然还处在"初恋期"。这说起来，真是个早起鸟儿被虫吃的故事。

　　为什么会把求婚拖那么久呢？

　　首先我并没有"拖"的感觉。这件事情就像酝酿果实，该发芽的时候发芽，该开花的时候开花，结出果子之后，由青涩慢慢转至红熟，这是个很自然很流畅的过程，中间既无拔苗助长、也没有谁来抑制它。等时候到了，果子和大树，它们自己会知道。

　　有些恋人的果实成熟期很短，一年半载已经像样，而更多人的果实需要三年五载才会圆满。至于我和许婧，我们果实的成熟期是十三年。时间不短，但是味道正甜。

　　初恋的时候，我们本着过一天乐一天的原则，觉得未来二字过于缥缈而未加考虑，嘻嘻哈哈地玩到高中。在高考面对各自志愿的时候，我们第一次有了对"今后"的憧憬，有了努力拉近距离、为了彼此而规划未来的打算。大学四年的异地生活，让我们经历了分别的惦念，同样也赠予了距离的考验。在过了这一关后，我们认真地开始思考：一辈子，这其实不是一个遥远的话题，点点滴滴之间，我们已经走了这么远，今后依旧一起走下去，这成了不容置疑的答案。

怀揣着这个答案，我酝酿了五年。

那个时候我们都已经是成年人，老师的谆谆告诫再也不会出现在耳边了，来自家庭的障碍也都已经不是障碍。因为"浪子回头"的关系，许婧的父母已能欣然接受我这个当初的"不良少年"，我的老爸老妈一直以来都很支持我们在一起，分隔两地的生活在我们双双毕业去向同一个城市后也迎刃而解。于是看起来，我们完成了重重考验挑战了各个难关，终于可以毫无阻隔地在一起了。

那么，我还在酝酿什么呢？

我并不属于优柔寡断的人，曾小贤式的瞻前顾后在我身上并不适用。硬要说的话，大概我是和关谷同学一样，心里总是装着太过明确的计划——这是一个关于求婚资格的大计划。

　　一个男人什么时候才算是准备好了向爱人求婚呢？房子、车子、钻戒，以及丈母娘的赞同票吗？（这大概是男同胞们呼声很高的答案。）我的答案没有那么具体，但也并不简单。我想，应该是当这个男人对自己已经认可的时候。

　　抬头的一片天　是男儿的一片天

　　曾经在满天的星光下做梦的少年

　　不知道天多高　不知道海多远

　　却发誓要带着你远走　到海角天边

　　这是每个男孩少年时代的绝佳写照。年少轻狂的我们谁没有过两三句豪言壮语？在说出承诺的时候，我们心里对自己丝毫没有怀疑，对未来却也其实丝毫没有考虑。而男孩长大后，牵着女孩的手时，就要开始反思歌中的自己了。

　　你用什么带着你的爱人远走，到海角天边呢？当你下定决心娶一个女孩，当你单膝跪地拿出戒指要求一个女孩嫁给你的时候，你知道这意味着什么吗？一个女孩子把自己的后半生交给你，一对父母把自己掌上明珠一样娇惯了二十几年的女儿在婚礼那天交到你手里，这实在是世界上最大的信任，没有之一。

哪怕当日的豪言壮语都揭过不提，我总也要配得起这份信任才可以。

在请求她说出"我愿意"之前，我需要让我的爱人放心，在未来的日子里我拥有保护她的能力、肩负家庭的实力。我需要我们的长辈放心，尤其是她的父母，我需要他们把自己的宝贝女儿交到另一个男人手里的时候，心里由衷地踏实，不会怀疑女儿今后的幸福。

我也需要自己放心，放心地接受这份信任，让自己不至于辜负于人。

所以，五年时间里，我在拼命地让自己长大。

我需要在生活中长大，出门在外的日子更加独立、更加理智、更加懂得照顾自己；也需要在交际中长大，学会分辨真情和伪善的距离，更加注重交友的质量而非数量，更加真挚地对待珍视过我的所有人；当然，更需要在事业中长大，更加努力、更加充实和完善自己，用日复一日的坚持去赢得挑战机遇的实力；然后，我需要证明自己。

我想买一间属于我们自己的房子，老婆喜欢的那种类型，一切的装潢和内饰全都由老婆按照她的心意去打点，那里就是我们未来的小天地。我想给老婆心仪的钻戒，给她最好的、最风光的、最有面子的婚礼，把她打扮成最美的新娘，把全世界的浪漫都堆在一起。我想陪她一起完成她周游世界的计划，这个计划她曾经当作梦想来说，我却记在心里很多年。以后，我想把它当作理想来实现。

对于生活，对于我和许婧的未来，我想要的很多。所以，我必须非常努力才可以。

感谢上苍，也感谢亲爱的你们。在千军万马过独木桥的演艺世界中，我的事业堪称顺利——第一次话剧，第一次电视剧，第一支广告，然后是《爱情公寓》……我签约了公司，有了关于未来的明确方向。那个时候，距离最初的相见已经过去了13年，我们依然在彼此身边。她早已长发及腰，而我，也已经手握着通往理想的门票。

于是，果子熟了。

2013 年 9 月 17 日，我和许婧结束了 13 年的恋爱关系，成为夫妻。

我们的婚礼现场选在了潜水圣地普吉岛。许婧喜欢大海，喜欢蓝白世界里安静的浪漫；而我在很早之前就已经想好，我要在她最钟意的地方，让她做最幸福的新娘。

在婚礼现场，我们请来的宾客不算多，都是最亲密的朋友和亲人。在准备的时候，我亲自指挥着每一处细节，从婚礼流程、鲜花蛋糕，到每一幅桌布的颜色、每一件同心结的摆放……细节琐碎，但完全不会让人疲惫。从头到尾，我兴致高昂，那些我们过往中点点滴滴的一切——玩笑中的话语，许诺时的心情，哪怕是吹牛时的神态，它们穿越时空在此时此刻一一临现。我们一起想象过的婚礼，而现在，我们正在实现它。它就像是个仪式，让当初的孩子完成他心中的承诺。

在公司的帮忙下，我们录了超级长的婚礼视频。而最终的剪辑版中，许婧送给了我自己录下的一段话。

她说——

第一次遇见你时

真的没想到我们会携手走过这么长的时间

我们在一起 13 年

这意味着我的生命中已经有一半的时间和你一起度过

你说过会带我实现梦想中的每一次旅行

而最重要的一段行程

我想就是我们未来的人生

谢谢你今天带给我这么完美的婚礼

希望多年之后想起这一天

仍然会是最美好的回忆

不许三生，分明一世。这就是我和许婧的故事。

扉页已经翻过，未来的故事还长。不必着急，我们用一生来讲。

三个月时的我

刚满一岁，和妈妈合影

藏在爸爸的衣服里

五岁时的我

一岁生日

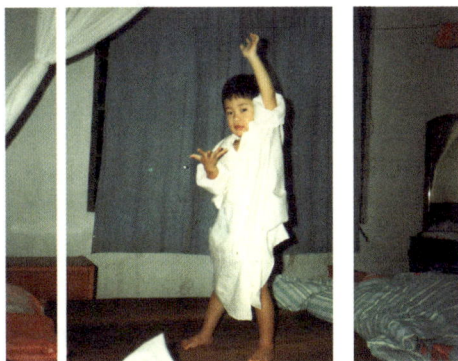

一出道就是"演员"，妈妈说我是最可爱的。

童年时的全家福

和爸爸在于山

三年级在上海戏剧学院玩耍时的我

大学时期的动物模拟汇报——狮子王

大学时的我

出演话剧《我不怕》

爱情是微小灯火

第二章　那些芝麻粒的小事叫爱情

浪漫是细碎而美好的事

你为了心爱的人去付出的每一次努力，克服的每一个障碍，你对她的关怀，把她放在心上，为她花去时间……这都是细枝末节，但都浪漫到地老天荒。

忘记是谁说过："女人对于浪漫的需求，就好像男人对于空气的需求一样。"应该再加上一句注释："以上这句话对恋爱中的女人格外试用。"

世界上的女孩有一万种，但恋爱中的女孩只有一种：她们对浪漫的需求度会狂野飙升。而为了测试你是否懂得浪漫，她们会提出各种匪夷所思的问题，来强迫要求你面对。

例如，女孩常常会问："你爱不爱我？"

你说："爱啊！"

她问："你为什么叹气？"

"好吧，爱你。"

她接着问："那你爱哪里？"

"哪里都爱。"

她说："不行，你这是敷衍我！"

"好吧，爱你每一个细胞啊！"

"哼，是说我性格就不值得爱吗？"

"也爱你性格啊！"

"那灵魂就不值得爱吗？"

你大概会茫然，这跟浪漫有一毛钱的关系吗？

当然，这是你的爱人怀揣着笃定的答案在向你索要宠爱。她们哪里是对自己和感情没信心，她们就是喜欢看你又气又笑又无奈地陪她把这个啰唆的游戏地老天荒地玩下去，你的每一次回答里都有让她满意的配合，而一个男人心甘情愿地把智商归零陪他的另一半玩耍，这不是浪漫，又是什么呢？

　　我的老婆属于那种人前安静得像娃娃一样的女孩，乖乖的外表下又个性十足非常独立。按照正常的逻辑，我觉得这样的女孩应该不太会喜欢、或者不太好意思撒娇。结果我错得非常离谱。无论人前的她显得多么沉默稳重、特立独行，在生活中她也永远会保留小公主式的娇俏一面来对我。她设计了很多不厌其烦的小问题和小游戏，名义上在考验我，实际上自己也会笑得一塌糊涂。因为我们实在是重复过太多次了。

　　有人会猜测，时间长了会不会厌烦？实际上，我却是享受得不得了，而且我对浪漫的需求也许还要更高。

　　老婆对我的基本评价是："夸张，粘人！"而老婆的闺蜜对我的评价则是："超级夸张，超级粘人！"

　　之所以会留下这样的印象，大概是因为出差在外的时候，不管工作多忙，我都会有事没事地给老婆打电话，而她总是很不走心地开启免提。经常我还在碎碎念诉衷肠，说："我好想你啊！"就被听筒里传来她闺蜜们的爆笑给打断了。她们起哄说："你们老夫老妻了，要不要这么甜蜜啊！"

　　老实说，我经常觉得有点囧。但是我很感谢她们对我的另一个评价："浪漫满分。"

具体浪漫的表现是什么呢？也许每次出门在外，回来后都不会忘记精心准备礼物，这算是吧；也许每个特殊的日子都会想办法制造出不同的惊喜，这算是吧；也许陪她一起天南海北地四处旅行，这本身也算是吧。

其实，天下根本没有不浪漫的人，区别只在于你对浪漫的态度是什么，并不是只有花前月下、吟诗作对、玫瑰干邑、英式游轮才叫做浪漫。如果按照这个标准来衡量，曾小贤同学实在不算一本好教材，从头到尾我们也没看到过他迸发什么浪漫意识，比起吕少爷营造的一个一个"爱情经典戏"，他的段位真是差出不止十万八千里。但那又怎样呢，他依旧是个不折不扣的好男人，因为他把心爱的女孩装在心里，默默付出，悄然努力，他一边嘴巴很臭地讽刺一菲没脑子、是女汉子，一边私下里分分钟地替她操心着急，拿她当小孩子一样来原谅和保护，为了一菲的一句玩笑话、气话甚至笑话，他憋足一口气去挑战自己，哪怕在问答现场泪流满面，在跆拳场地被揍成猪头，也不肯放弃。

看起来这很笨、很愚蠢，费力而且未必讨好，但是，这就是浪漫。它带来的效果远比一顿烛光晚餐要真诚。

　　我在网上看到过一个好玩的调查，是女孩子发起的。大意是："如果现在告诉你不在身边的男朋友自己生病了，对方给你什么样的答案会最让你感动？"

　　帖子下的回应千奇百怪，秒杀一切的答案只有两个字："下楼。"

　　对于这个答案，女生的呼声一致是："嫁了吧！"

　　对她们来说，"下楼"两个字包含很多内容：听到爱人身体不适，你二话不说走出门去，在深更半夜开车跨越半个城市来到爱人身边。也许你苦苦寻找药店后带了药来，也许没有，但这些都没关系。重要的是你知道在她难受的时候最容易孤独和无助，最需要别人的陪伴。于是，你来了。

　　依然是同样问题，获得讨伐声音最高、最被女孩子厌恶的答案是："多喝水。"

　　女孩对此的回应是："多喝水？多喝水医生就会告诉我，百度就会告诉我。我就要这三个字的话，我要你干什么呢？"

你为了心爱的人去付出的每一次努力，克服的每一个障碍，你对她的关怀，把她放在心上，为她花去时间……这都是细枝末节，但都浪漫到地老天荒。

什么时候也别忘记，女朋友要自己的爱人陪在身边，是用来干嘛的。

惊喜代表我的心

生活原本平淡。很多事情看来简单，但你只要稍微用心装点，效果就会完全不同。有的时候，真的只要花上那么一点点小心思，幸福就可以蔓延到无边无际。

在情圣的爱情宝典里，往往会有这么一句话："不知道送女朋友什么好吗？送花吧，总不会出错。"任何女人看到玫瑰都一定会忍不住微笑，这是女人的天性里最柔软的部分决定的；但我不认同的，是选择这份礼物时不走心的态度。

走心，也许是爱情中最重要的事情。

好男人的爱情宝典里应该这样写："不管你是否懂得浪漫，有件事情总不会错，你该学会在自己的生活里装满惊喜。"

惊喜是什么呢？并不是要把一辆玛莎拉蒂停在她家门口，等着她震撼到晕倒的效果，也不一定动辄就跟LV、爱马仕挂起联系。而是：平时不做饭的你在一个特别的日子做饭了，平时不打扫房间的你选了她不舒服的那天帮她做了家务，在一个值得纪念的日子你买来了她想念已久的礼物，哪怕这礼物只是一个蝴蝶结发卡。金钱不是衡量惊喜的标准，诚意才是。

我是那种热衷在生活中点缀意外之喜的人。在没有意外的情况下，哪怕制造意外也要达到目的！

因为工作原因，我经常会连续几个月地跟组去另一个城市拍戏，有时回程时间比预定的要早几天，我会拼了命地忍住不告诉她，登机前还要装模作样地打一通电话："老婆，好想回家啊。剧组又延期了，没办法准时回去了……"等到飞机一落地，就飞一般地冲回家里，等着吓她一跳。

记得有次我冲到家门口的时候，正好看到老婆购物回来。她走在前面，提着硕大的购物袋。我忍着笑给她拨电话。她告诉我，刚刚买了好多东西，袋子很重，正在往回拿。我说："那我帮你拿啊。"她笑："你就嘴上说说吧。"我告诉她："说到做到，回头。"

那一刻老婆的表情，我直到现在还当作无比珍贵的纪念品收藏在心里呢！

我经常到处出差，许婧则喜欢旅游。在我没办法陪她的时候，她也会约上闺蜜去国外旅行。无论是谁，每次外出回来都会给对方带礼物，这已经成了我们俩约定俗成的习惯。而为了让习惯充满惊喜，我们开始了一个漫长的游戏：把每一次的礼物都预先在家里藏好，等着对方把它找出来。

其实这个游戏一点也不公平，因为老婆占尽了天时地利的优势。平时收拾家务、打点家居全都是老婆一个人在做，她对于家里的每一个细节都了如指掌。无论我把东西藏到哪里，她分分钟就能翻出来。而我呢，表面看上去这是我休息时天天泡着不肯出门的家，但真要翻箱倒柜地找点什么东西，它对我来说简直是个大迷宫！当初为什么要买这么多门的柜子？书桌里还有内阁？摆设用的花瓶、陶艺、罐子为什么这么多？猫爬架里也可以藏东西，你们能想象吗？

这让我异常怀疑"婚后男人藏私房钱在家"的可能性。真的会有男人在老婆的鼻子尖底下藏住什么东西吗？别说女人永远是房间家具的绝对主导者，我相信就算来到一个陌生的环境，平时迷迷糊糊的女孩一旦动用起自己敏锐的洞察力和第六感，那男人也绝对是完败！这简直可以被称作性别天赋了！

后来为了在"寻宝大作战"中挽回颜面，我会挖空心思登高爬低地安置我的礼物，故意找一些她理论上绝对够不到的高度和角度。这种利用身高差距的做法略有作弊嫌疑，但是没办法，如果每次都被很快翻出"窝藏"地点的话，我的面子很难看嘛！于是就真的会发生老婆怎么找都没能找到礼物的局面，我当然得意得飘飘欲仙，抱着肩膀藐视她："嘿嘿，找不到了吧？要不要我帮你拿出来啊？"而她也不肯轻易低头，两三天以后我都快忘记这件事情了，才听到她在某间屋子的角落里开心地大叫："找到啦！"那场面真是非常好玩。

说起来，这就像每一份礼物都需要一个精致的包装，在配送的礼物盒外我们还会挑选彩纸、扎上丝带，目的并不是为了好看，而是因为包装原本就是礼物的一部分、心意的一部分。拆破这层包装的过程也好，寻找我们藏起来的礼物的过程也好，这都已经成为了你让另一半开心的小仪式，经此仪式之后，绽开来的惊喜才更加浪漫。

　　生活原本平淡，很多事情看来简单，但你只要稍微用心装点，效果就会完全不同。有的时候，真的只要花上那么一点点小心思，幸福就可以蔓延到无边无际。体会过你一定会懂得，不是吗？

你是想过光棍节了吗？

每个女孩子对和浪漫相关的日子都是很期待的，没有例外。每个这样的日子对她来说都很特别，而这份特别是因为有你加入了她的生命，她才会希望跟你一起纪念。纪念的方式未必要一掷千金，有时候你下厨做上一顿饭就能收到绝佳效果。如果不在身边的话，哪怕一通电话、一个短信，也要让她知道，你记得今天。

记得有一次，我在和死党们聚会的时候，有个朋友打来电话告假。大家追究原因，他很紧张地告诉我们，上个月他忘记了重要的日子，现在一直在跟老婆赔罪，大概未来的一个月里都无法出现在聚会里了。

上个月？我们算算日期，问他："不会是情人节吧？"他很沉痛地回应我们以沉默。

　　挂下电话后，我们一群有老婆的男人默默为他举哀。忘记这样的日子，你女朋友没让你过上光棍节，这已经是真爱了！

　　当然在座也不是没有未经世事的单身朋友，他们对此嗤之以鼻："女人真是好麻烦啊！"我想说："男人单身是有原因的，这就是原因！"

　　情人节是什么概念呢？是满大街都在卖鲜花，全部的餐厅都会推出情侣套餐，商铺挂起横幅，网店会打折扣……全世界都在用力地提醒你：今天是陪老婆的日子！就算真的很忙，无法赶到老婆身边，也要至少打个电话告诉她。要是连这个都做不到，还找借口希望老婆理解，那么你也应该能够理解老婆恨不得跟你分手的怒火：一个属于两个人的节日，她放在心上，而你忘了，凭什么呢？

　　人类把一年分成三百六十五天，均匀地在其中点缀上各种各样的纪念日，这是非常有道理的。想想看，如果没有这些有意义的日子年复一年地让人期待，人生将会是多么漫长和乏味？平时我们工作繁忙，压力山大，这些纪念日正是调剂情绪、培养浪漫的日子。也许你会觉得：我好累啊，陪女朋友过节比加班还累，这都是图什么啊？

图你在乎她。

每个女孩子对和浪漫相关的日子都是很期待的，没有例外。每个这样的日子对她来说都很特别，而这份特别是因为有你加入了她的生命，她才会希望跟你一起纪念。纪念的方式未必要一掷千金，有时候你下厨做上一顿饭就能收到绝佳效果。如果不在身边的话，哪怕一通电话、一个短信，也要让她知道，你记得今天。

所以不仅是情人节，重要的日子统统不该被忘记：老婆的生日，老婆家人的生日（尤其是长辈），妇女节，儿童节（没错，儿童节送老婆礼物这很欢乐！），七夕节，圣诞节，还有你们的结婚纪念日，那是一个从此改变了你们两人一生的日子。

男人都是很善于给自己找借口的。很多朋友经常说："这么婆婆妈妈琐碎碎碎的事情，真的就那么重要吗？我爱你，这就好了啊。"

但是，我爱你，拿什么来证明呢？一点心思都不付出，空谈未来的幸福生活，这要如何让人信服啊？连一点时间都懒得花给女友，光靠嘴上的甜言蜜语就想让女孩子对你死心塌地，这怎么可能呢？

我和老婆在一起14年了，对于每一次重要的日子都非常重视。而且，如果老婆忘记了重要的日子，我肯定会生气。如果在结婚纪念日当天我推掉了所有工作，准备了一大桌美餐，点起蜡烛，开了干邑，放上音乐，而老婆回家后却一脸茫然地问我："今天你犯什么病？"那我也会非常不爽的。

幸好，这种情况从来没有发生过，我想以后今后也不用担心。幸好，我们两个人对生活的经营都很用心，还从未让彼此失望过。

不过有一次，只有一次，我们俩差一点点就一起错过了情人节。

说来那次的情况还有点乌龙，当时我们刚刚从国外度假回来，原计划就是赶在第二天情人节之前回家，在家里好好休息放松一下。结果飞机误点、等待行李的周折搞得我们人困马乏，终于下了飞机从高速路一路往家里开车的时候，我才忽然想起来：糟糕！国外和国内是有时差的，而今天已经是2月14号！

当时已经是夜里 11 点多了，眼看就要过了 12 点，我瞪着眼睛一边开车一边想办法。之前每一个 14 号我都会至少提前把玫瑰准备好，哪怕自己出差在外，也会拜托经纪人订花给老婆。而这个时间所有的花店都已经关门了；就这么黑不提白不提地让今天过去，我实在是不甘心啊！

那个时候我的脑子忽然灵光乍现：记得绕一下路的话，应该有一家外国人开的花店，每次打烊时间都很晚，里面的鲜花和包装工艺也都非常有风格。我暗暗决定，就这么办了！

我绕路开到花店附近，为了给老婆一个惊喜，还专门把车停得离店铺很远。我告诉她："忘了点事情要下车一下，马上就回来。"当时许婧还没反应过来，还有点不高兴地问我："到底什么事啊？"我没有告诉她，自己穿过马路，径直跑进了花店。

冲进门口，我对马上就要打烊的老板大吼："99 朵玫瑰！"

老板计算了价格之后告诉我三千多块。我尴尬了一下，身上没带足人民币，而卡里还只有欧元没有换过来。我只能把声音降低了八个高度："那个，要 36 朵吧。"

99 这个数字代表天长地久，而 36 也不错：我的爱只留给你。

回到车旁，我酝酿了半天，像是拍电影大片一样，用小马哥当年走在上海滩一样倜傥的身段把手背在后面，敲了敲车窗。车里面，老婆匪夷所思地看着我，我唰啦一下把玫瑰从身后亮出来，借着夜色星光车来车往，对她说："嗨，老婆，情人节快乐。"

哎，当时那个场面下没有灯光、音响和观众，我觉得好遗憾！

世界上最珍贵的礼物

想哄女朋友高兴有一万种方法，最简单的那一种就是把她说过的每一句话都放在心里。有些事情你可以做到，有些做不到，或者不能去做，那都没关系。女人真的很聪明，你有没有用心和尽力，她们完全察觉得到。

世界上最无法掩饰的，就是当你不爱一个人时看她的眼神。反过来说，当你爱着一个人的时候，连呼吸都会泄露你的感情。世界上最珍贵的礼物，就是你那颗爱她的心。

老婆是很会收拾家的人，这对我而言近乎于特异功能。每次外出购物也好，出差回家也好，我们都会带回来一大堆杂七杂八的东西，有些是零食，有些是衣服，还有各种各样的摆件和小礼物，而她总有本事在几分钟内让它们不着痕迹地"融化"在家里。什么东西该摆在什么地方，既能点缀家居，又不会显得凌乱，她在这方面的直觉绝对堪称天才。

　　但是也因为各种各样的小东西太多，实在是没地方统统摆出来，我们准备了一个专门收藏礼物的柜子。在闲来无事的时候，老婆和我会把它们倒出来一个一个地欣赏，一边聊天一边回忆，哪一件东西是什么时候为了什么在什么地方买的，这感觉就好像集邮大师在享受自己的藏品邮票一样，超级有纪念感。

　　我问过老婆好多次："这么多年了，送过你的礼物中你最喜欢哪一个啊？"

　　她说："是那颗鹅卵石。"

　　我囧："别闹了，认真的，到底是哪一个啊？"

　　她严肃地回答："就是那颗鹅卵石啊。那是你唯一一次偷东西给我，太珍贵了好吗！"

　　我不知道是该挫败还是该骄傲。我雄心勃勃地努力赚钱，送过老婆很多昂贵别致的小礼物。但她最放在心上的，居然是一颗一毛钱也没花的小石子。

　　那是我唯一一次没花钱的礼物，因为它是"偷"来的。

　　回忆起来，那还是在我们刚交往不久的时候。当时我们还在上中学，周末一起逛街，许婧走着走着就站住不动了，隔着一个精品店的橱窗看得好认真，拉着我跑了进去。

我以为她看上了橱窗里的漂亮鞋子。女朋友有了喜欢的东西，我的第一反应当然是买下来。当看到价格标签的时候，我的汗就下来了：口袋里只有带了一个月的饭钱，还不够买一个鞋跟呢！但是输人不能输面子，我强作淡定地问她："喜欢吗？给你买下来啊？"她说："不是不是，那个石头好好看啊。"

"石头？"

原来在精品店一个植物的盆子里铺满了鹅卵石，我找了半天才知道她说的是哪一颗。石头，难道不都是一样的吗？无非花花绿绿有点线条，到底哪里"好好看"了啊！

她恋恋不舍看了半天，很遗憾地说："要是店里有单独卖这个的就好了。"

我说："哦。"

看起来依旧淡定，但当时的我脑速和心跳都是一百八十迈啊！

如果是现在的我，肯定会大大方方拿着石头跑去问店员："这个能不能卖给我？"但那个时候年纪还小，情况又比较突然，思维完全走的是直线——女朋友喜欢，商店又不卖，怎么办呢？对我来说那简直像人在悬崖，是跳、还是不跳的问题。

许婧离开盆栽逛了逛店，并不在意地走出去了。我拔腿跟她一起离开，走出精品店后一头大汗，跟掏枪一样从口袋里把攥得紧紧的拳头掏出来，放在她面前说："送、送、送给你。"

那颗小石子躺在我手心里，已经被攥出了汗来。

许婧震惊，下巴像是快要掉下来，然后忍着笑又像是忍着尖叫，一脸感动地看着我。当时那种情况让我觉得，如果这块石头是枚戒指，她立刻就会说出"我愿意"来。于是我像是劫后余生一样，一边汗如雨下，一边想：值了！

后来我们一起去过那间精品店很多次，在工作赚钱之后，也会格外地在那里多买一些东西回家，明明很多东西都用不着，但也算是对当年不问自取这块小石子的补偿吧。

事情过去了这么多年，那块石头依旧被她保存在身边。她说，后来很多次我用心准备的礼物都让她非常感动，但是带来的震撼都不如那一次强烈。也许那是因为她第一次知道，自己的男朋友是个可以把她的话放在心上，并且为了哄她高兴，可以将智商归零、做出如此愚蠢举动的人。

在生活里我们都喜欢和聪明人打交道，理智和冷静也是很受好评的性格。但在感情里，冲动一点、笨一点的家伙，也许反而会更受欢迎。

不过，在这里我一定要提醒你：千万不要模仿我！无论如何，偷东西绝对不是什么好事，就算是为了哄女朋友高兴也没什么可夸耀的。我直到现在都在窘迫和反省。

想哄女朋友高兴有一万种方法，最简单的那一种就是把她说过的每一句话都放在心里。有些事情你可以做到，有些做不到，或者不能去做，那都没关系。女人真的很聪明，你有没有用心和尽力，她们完全察觉得到。

世界上最无法掩饰的，就是当你不爱一个人时看她的眼神。反过来说，当你爱着一个人的时候，连呼吸都会泄露你的感情。世界上最珍贵的礼物就是你那颗爱她的心。

这和我们俩的那颗小石子一样，是没有成本的哦。

你的气息，独一无二

在感情里，很多温馨是无可名状的。你硬要描述的话，就会发现反而无话可说，属于两个人的爆笑段子也往往很难复制，因为它们是天时地利的一瞬间激发出来的乐趣，需要彼此了不起的默契来配合和理解。往往当时让你笑得断气的段子，换一个时间地点重新讲述一次，听的人会不知所以，而讲述的你也会觉得失色很多。因为有些东西只属于你们，也只能是属于你们，不是你们两个人就无法理解，也无法共鸣。

不分国度，不分地域，甚至不分年代和时间，世界上的男人对于老婆总是有很多共识。

比如说：床上一半以上的位置绝对是老婆的领地，剩下的可怜巴巴的位置一般由男人和他们的宠物共享。就算在赤日炎炎的夏季，这个情况也不会有所好转。所以我很怀疑，如果空调没有被发明出来的话，广大怕热的男性同胞要怎么在家里活下去。

比如说：老婆都是有收集癖的，凡是和可爱沾边的东西她们都毫无抵抗能力。家里的杯子、本子、布偶娃娃明明已经爆满，还是会不断地增加新成员。有时候你啼笑皆非地问她："老婆，这些东西又不能吃，你囤积那么多干嘛啊？"她会一脸淡定地反问你："你电脑里 Xbox 里 PS3 里的那些游戏都能吃吗？你囤积那么多干嘛啊？"

又比如说：老婆都特别热衷起名字，而且她们的灵感都特别天外飞仙，甚至连家具的名字都起好了。你把杯子放到茶几上的时候稍微用了一点力，她会不满地说："你轻一点，小白会破相的。""小白？"对，那是你家茶几的名字，因为它是白色的。而你家的另一张茶几大概叫做小黑或者小红，那就要看它们本身是什么颜色了。

关于起爱称，这件事情一说起来我就一把辛酸泪。因为，我的老婆称呼我——爸爸。

其实喜欢看日剧的人应该对老夫老妻间这样的称呼并不陌生，因为日剧里的主妇都是随着孩子一起喊丈夫爸爸的。就算没有看过日剧，那《机器猫》总看过吧？那是我对日本漫画的开蒙之作，而里面主人公野比大雄的妈妈就是这样喊大雄的老爸的。

从电视上或者从书上看到这个称呼，可能完全不觉得奇怪，反而觉得很温馨很亲密，但事情发生在自己身上就……总之老婆第一次漫不经心地对我说"爸爸帮我把那个拿过来"的时候，我真是快被吓哭了。我、我、我有那么老吗？

我对这个称呼非常不满意，试图与老婆抗争。我对她说："人家那是随小孩一起叫老公爸爸，这还比较有道理，你说咱们家又还没有小孩，多奇怪，对吧？"老婆指着趴在沙发上睡成两团的 effy 和 tiger 理直气壮地看着我："没有小孩？"

一战而溃，我转而使出己所不欲勿施于人的方式来抗争："那我叫你'tiger 他妈'，你觉得怎么样？"

老婆很开心，说："好温馨啊！"

我沉默了。

除了热爱日剧之外，老婆也是忠实的美剧粉丝。突然想起这根救命稻草，我尝试说服她："你看美剧里，夫妻之间都彼此称呼名字，那也不耽误温馨嘛，而且还有什么 Honey 啊、Darling 啊、My knight 啊……这也都比较好接受一点，不然你从美剧里找找灵感？"

　　提议有效果！老婆果然把称呼调整了一下。她改叫我："爸比！"然后认真地向我科普道："这是对应妈咪的称呼哦！"

　　我失败了。

　　万幸的是老婆大人家教良好，不会把属于两个人的昵称带到任何公共场合去大声吆喝。有时候我在外面脱口而出，喊她："小公主！"她还会囧半天，凶凶地教育我："不要什么词都在外面往外招呼啦！"我不用担心走在马路上被称为"爸爸"后感受行人们投来的异样目光——在大街上被小朋友叫声叔叔，我都会恨不得咬舌自尽，何况是被错认为父女呢？

　　后来被她这样称呼习惯了，我也渐渐能够感受到这个词汇里的温馨。而如果有一天她忽然改口，不再这么乱七八糟地称呼我，而是大声喝出我的全名："陈赫！"那我反而会吓得浑身一抖。糟糕，多半会有不妙的情况发生！

　　现在的我很能理解女孩子给另一半起名字时的高昂兴趣，这是在宣布一种归属权。就像小动物会用力地挨蹭主人留下自己的气味一样，她们用这种撒娇又傲娇的方式强调："你是我的！"

在感情里，很多温馨是无可名状的。你硬要描述的话，就会发现反而无话可说，属于两个人的爆笑段子也往往很难复制，因为它们是天时地利的一瞬间激发出来的乐趣，需要彼此了不起的默契来配合和理解。往往当时让你笑得断气的段子，换一个时间地点重新讲述一次，听的人会不知所以，而讲述的你也会觉得失色很多。因为有些东西只属于你们，也只能是属于你们，不是你们两个人就无法理解，也无法共鸣。

每一个昵称的含义也是这样的吧。

就像我喊她宝贝，喊她小公主，喊她女王，每一个昵称出口都代表了一个她迥然独特的状态。在这些声音出口的时候，关于她的一切都会随之融入空气。说起来那都是众多情侣之间泛滥成灾的称呼，丝毫也不独特，但是每个人在喊自己的宝贝的时候，感受到的都是属于她的独一无二的气息。

所以，当老婆喊我"爸爸"的时候，她心里是该有多温柔呢？每次想到这个，我都忍不住想要鼓足勇气地配合她一下："孩儿他妈，我在这儿呐！"

挖空心思吓到你

这一刻我梦想了很多年，构思了很多次，每次都像是在拍科幻大片一样炫目。但夜色下的海滩那么风平浪静，一起鼓掌的朋友全都一脸温馨，直到这一切真实发生的时候，我才觉得，跟夸张和绚烂相比，你要的安宁才是我心里最珍贵的守候。

"为人性僻耽佳句，语不惊人死不休。"这是杜甫名垂千古的人生追求。

换到我身上的话，我会总结为："为人性癖搞惊喜，挖空心思吓到你！"

很打油，却很贴切。我的确有不少次不小心把惊喜变成惊吓的人生经历。

在学生时代，我就是一个会把情调渲染得很夸张的家伙，经常在校园里上演一些在操场摆爱心、放写满了字的气球飞到女朋友班级窗口……类似这些既夸张又无比狗血的桥段出来。在中规中矩的校园里，这当然会引起轰动。刚开始的时候，许婧总是会显得脸红尴尬，而我还觉得那一定是被我感动了的效果，但后来她很窘迫地对我说："可不可以不搞得这么大张旗鼓啊，会打扰别人的。"

那时我才知道，不是所有惊喜都能与感动搭边。如果你的女朋友口味清淡喜欢淮南菜，你却顿顿为她准备川辣火锅，收不到好的效果，也就不能怪人家不解风情。

本着这样的原则，如何设计求婚，这成了我的重大难题。

一个人抱着头策划求婚现场的时候，我深深地开始懊悔：在长达 13 年的交往中，我用了上万个浪漫的花招哄老婆开心、给老婆惊喜，结果轮到求婚这么重大的临门一脚的关键时刻，我居然没想着给自己留一个终极大招！

之前我也曾经半开玩笑地和老婆商量过关于求婚的描画。在我的臆想里，那个场面应该震撼到地动山摇，感人到泪流漂杵，最好在巨大的万人广场上进行，过程中少不了还要穿插进宝莱坞式毫无违和感的鲜花和歌舞……我想象得很尽兴，但是老婆的反应是吓呆了！她震惊了好半天问我："你不是认真的吧？不要，千万不要。"

她讨厌高调，而我需要一个感天动地的效果，我们之间该怎么调和呢？

配合她吧，低调而动人。这是个高难度的挑战，而我接受了。

我原本想把日期定在 9 月 30 日。这是因为，2000 年的 9 月 30 日是我向她表白的日子，在那个难忘的日子里我们在一起了，十三年之后的我重新回到这个时间的结点单膝跪下，这会让人觉得有种时空穿越般的感慨。

但是，起心动念的时候还只是三月份，要等到十月实在太煎熬了。也许有人会问："你已经等了十三年，还在乎多等几个月吗？"是的，爱到临头，分秒必争！而且老话不是常说，择日不如撞日。

许婧给了我"撞日"的契机。她提议说："趁着你休息，我们去马来西亚度假吧？"

我的反应是："哦，又要去旅行啊。"

然后又一想：等等，马来西亚！马六甲海峡的花园国度，纯净的海滩、奇特的海岛、原始的雨林……它作为求婚的场地太合适不过了！

我说："好啊！"然后立刻装作漫不经心地提议，"不如喊上朋友一起去玩啊？人多热闹一点嘛。"

商定行程和同往人选后，我立刻给即将同行的朋友们打电话："我要求婚啦！统统帮我配合好，不许说漏啊！"

老婆是很敏感的人，平时休假宅在家里、不爱动弹的我忽然爆发如此巨大的热情，她大概当即就感觉出了问题，所以在收拾行李的时候，我发觉她格外仔细地翻看家里的角落和行李箱——应该是在"搜查"戒指吧？就是因为想到这一点，所以我早就拜托朋友悄悄地把戒指从香港带去现场了。

去马来西亚的飞机上，我很紧张。十三年了，还是会紧张。如果求婚失败了，怎么办？

如果老婆过于措手不及，当着全部朋友的面说："让我再考虑一下。"那怎么办？

这个情况在我表白的时候就发生过！十三年前我对她说："要不要做我的女朋友？"她的回答就是要考虑一下。"为什么还要考虑啊！等过完放假的七天你肯定忘了这回事！"当时的我是这样抗议的。她说："啊？我还是考虑一下吧。"

虽然那时她只考虑了一天，但是一分一秒对我来说都无比煎熬。而且表白毕竟只是两个人的事情，要是这一次我这么大张旗鼓地当众跪下，她却告诉我，其实她还没准备好，那我该怎么办？

我把自己想得汗如雨下。全部行程都是老婆安排的，如果她不同意，我就只能在等她考虑的分分秒秒中继续旅行计划，那会是什么样的心情？老天保佑，不要让这种事情发生啊！

落地，入住酒店，开始行程，去到海滩……一路上我都拼命地说说笑笑，只有同行的朋友知道，我是何等的心猿意马。熬到晚上，夜幕降临，星光满天，我们在大海边的餐厅吃饭。我咬着牙想：就是它了，成败在此一举。

我站起来说："等等，我有事情要讲。"

身边的朋友全都安静下来，然后餐厅也安静了下来，大家的眼神里都有心照不宣的笑意，气氛一触即发。老婆诧异，然后迅速地，她明白过来了。

我拿出戒指，就穿着大背心和花短裤，单膝跪下对她说："等了十三年了，嫁给我吧。"

老婆捂住嘴，朋友们都在鼓掌和尖叫，餐厅里面欢腾一片。我在笑，我隔着十三年的时光，看到当初让我第一眼就惊艳的女孩儿，她仿佛依然站在校园里，还是那么笑眯眯地对我说："我考虑好啦，可以啊。"

老婆，对不起，那么用心地设计了一场骗局，全部是为了最后吓到你。

说实话，这并不是我心中天崩地裂的求婚现场，它没有感动所有人，只是悄悄感动了你。但是，当你说"我愿意"的那一瞬间，我真的觉得自己是世界上最幸福的男人。这一刻我梦想了很多年，构思了很多次，每次都像是在拍科幻大片一样炫目。但夜色下的海滩那么风平浪静，一起鼓掌的朋友全都一脸温馨，直到这一切真实发生的时候，我才觉得，跟夸张和绚烂相比，你要的安宁才是我心里最珍贵的守候。

拉风是给别人看的，平静的幸福只有自己能体会。你喜欢低调。好的，今后的我也许依然会"挖空心思吓到你"，但属于我们的每一次惊喜，我都会低调到只分享给你。

来日方长，说话算话。

为了心爱的人去付出的每一次努力，克服的每一个障碍，
你对她的关怀，把她放在心上，为她花去时间……这都是
细枝末节，但都浪漫到地老天荒。

与夸张和绚烂相比，你要的安宁

才是我心里最珍贵的守候。

希望所有的人都能幸福。

相信爱情！

当你爱着一个人的时候，连呼吸都会泄露你的感情。

世界上最珍贵的礼物，就是你那颗爱她的心。

在感情里，很多温馨是无可名状的。因为它们是天时地利的一瞬间激发出来的乐趣，需要彼此了不起的默契来配合和理解。

拉风是给别人看的，
平静的幸福只有自己能体会。

爱情是浪漫底色

第三章　因为爱，所以妥协

和爱人讲道理的男人，最终都单身了

老婆生气意味着什么呢？意味着你错了，基本上你只有认错一条路可以走。因为和女人讲道理你永远是错的。也许你的道理是对的，但"讲道理"这件事情本身你就错大了。

对女人而言，这不是得寸进尺恃宠而骄，这是她相信你，你可以包容她，而她也需要你没有原则地包容和宠爱，她肯定不是不明白道理，她只是需要证明：在你心里，她比道理重要。

休息的时候在网上随便逛逛，时常能看到一些心灵鸡汤，言辞清晰调理冷静，讲述了各种各样的爱情条款、恋爱金句和追女/男守则，大有过来人向你口传心授恋爱绝学的架势。

对于过于明确的爱情准则，我经常是一笑了之的。道理肯定有，但我会觉得每对恋人都有不同的情况，一个条款未必适合所有的感情。老中医在给每个病人看病开方子的时候，药方绝对不会重复，一药治万人的情况好像总会难以让人照单全收。

不过有一件事情是例外。那就是——千万不要和女人讲道理！

这句话是我绝对信奉的，而且也力荐所有男孩不要挑战前辈们用生命总结出来的人生真理。

前段时间，我刚刚和老婆一起参加了夫妻真人秀节目《爱在囧途》的媒体见面会，像之前的每一次谈及这个话题一样，我毫不讳言地承认自己在家是"妻管严"，在老婆的严威之下经常跪键盘，于是媒体朋友十分欢乐地送给我一个"常跪"的头衔，并鼓励我再接再厉，将怕老婆进行到底。

怕老婆很丢人吗？几百年前的确如此。追溯到《笑林广记》里，这就是一个庞大的话题。而有意思的是，这部古代笑话集把与之相关的篇幅大多收录在"殊禀部"里，也就是说，连作者都会觉得"怕老婆"实在是个特殊的禀赋啊！

回到现在来看，这个禀赋已经变成好男人的基本标志了，会心疼老婆的人才会把"怕"字挂在嘴边上。说到底，天底下没有人会把"怕老婆"理解为"打不过老婆"吧？而怕老婆的全部含义，就是"怕老婆生气"啊。

老婆生气意味着什么呢？意味着你错了，基本上你只有认错一条路可以走。因为和女人讲道理你永远是错的。也许你的道理是对的，但"讲道理"这件事情本身就错大了。

我认为世界上最为无力的辩词，就是一个男人对他的老婆说："你怎么这么不讲理？"

真的想要老婆讲理吗？你试着跟着她去上学吧，跟着她去社交吧，尤其是跟着她的脚步去她经常发言的论坛吧，你会看到一个彬彬有礼、进退有节、引经据典、以德服人的女孩。外人面前她永远是懂道理的，这一点也不妨碍在你身边她撒娇耍赖蛮横任性，明明一件事情她不占理，但心里服气嘴上也绝对不会饶过你。

因为，她要是为了讲理，她干嘛要嫁给你呢？

在《男人来自火星女人来自金星》这本书里详细说过：女人强烈而无迹可寻的感情波动是荷尔蒙问题，是她们无法通过努力去调节的。而每个人都有一个"社交安全尺度"，在外人面前我们能够控制心情和脾气，但在最亲近的人面前反而无法驾驭，因为亲近的人让你有安全感，你知道无论怎么发脾气，他也都会原谅你。

对女人而言，这并不是得寸进尺恃宠而骄。这是她相信，你可以包容她，而她也需要你没有原则地宠爱，她肯定不是不明白道理，她只是需要证明：在你心里，她比道理重要。

知易行难是永久的问题，讲大道理的时候我们都是无所不知的圣人，轮到自己却没那么容易。我可以总结：在生活里和老婆论战，这是一件愚蠢的事情，而这种蠢事我之前干过，今后也没有把握一定可以避免。因为，不光女人有荷尔蒙和安全度的问题，男人也一样。而我的反省是：脾气可以有，前提是你要会交流。

交流是个超级庞大的话题，要我用十几年来的切身体验来总结一下的话：文死谏，武死战，男人死在不会看。

看什么？看老婆的脸色。对于一件事情，你不认同老婆的做法，那么就找老婆心情好的时候告诉她。

我的经验是：在她心情好的时候，你说什么都可以，逮住这个机会扮演家长教育她都没问题。你可以拽拽地问她："我是不是为你好？知道错了吗？知道了怎么办？下次还耍赖不耍赖啦？"当这样半开玩笑地教育她，她多半会委屈地撒着娇告诉你："哦，知道了。好嘛好嘛，不再犯了。"

但如果她心情不好，或者你们正在争吵，那就一定要连退几步冷却话题，等候时机另行表达自己的意见了。

你觉得这是没志气？非也非也，这是"不置气"。沟通的目的是为了达成一致。而你非要找一个剑拔弩张的时刻去表达自己的意见，不碰壁都见鬼。这根本与初衷背道而驰，图的是什么呢？

两个人因为小摩擦而发生口角的话，那无论谁都会讲道理（尽管她讲的可能是歪理）。如果你输掉了论战，那反而可能会是一件好事。输掉就输掉吧，你们很快就会和好如初，老婆已经得到她想要的胜利了，不会继续为难你。但如果，你不幸太有道理，且言之凿凿不容置疑地把老婆讲得哑口无言，那……

你赢了。但是你会花上好久好久好久，才能平复老婆失落和负气的情绪。

负气的老婆会怎样呢？她会不理你，会沉默，会不吃饭，会一言不发地离开家从你面前消失，而且不接你的电话！你急得半死抓耳挠腮，把电话给她的朋友打了个遍也不知道她去了哪里。当你再也受不了，认真思考"我要不要报警"的时候，她终于回来了，然后继续不理你。

到那个适合，你会担心到后悔跟她吵架，后悔对她讲理，后悔赢得了战争。

说到底，你爱你的老婆，她也爱你，让着一个你爱的人，这有多难呢？

胡一菲的"三浪"原则

如果你是一只挂在枝头的苹果，可能的确很难打动一个只喜欢橙子的他 / 她，无论你使出怎样的浑身解数也无法让他 / 她欣赏你的味道。但是没关系，世界上喜欢苹果的大有人在，你需要做的不是涂上橙色模仿橙子，而是努力吸收营养寻找阳光，让自己拥有最好看的颜色。在那个懂得欣赏你的人出现的时候，万人之中，一个优秀的你一定会让他 / 她惊艳不已。

记得《爱情公寓》第一季里，一菲在帮展博出主意追宛瑜的时候，亮出了自己的爱情"三浪"原则。第一次看到剧本，我们整个组里的朋友一起笑得快崩溃了——"浪漫"、"浪费"，这都还可以理解，最后一条的"浪叫"是怎么回事？难得娄艺潇同学还能把浪字的卷舌音打得那么有板有眼，必须点赞！

靠"三浪"原则可以追到女孩吗？别闹了，就连展博都知道这完完全全不靠谱。

我还真的和老婆讨论过这个问题。当时的我拿着剧本笑得滚来滚去，在电话里问她："如果有个家伙用'浪叫'向你求爱，请问你是什么心情？"她茫然了好几秒之后对我说："你不就经常浪叫吗？又肉麻又夸张，我已经习惯了啊！"

我说："哪里有，胡说！这怎么能一样呢，我说的每一句话都是发自肺腑啊！"

她说："你看，现在就是在浪叫了啊！"

然后她又笑着说："好啦好啦，知道啦，你发自肺腑，我铭感五内，满意了吗？"

想要追女孩子，不妨来参考我老婆的话。

在两个人的交往里，真诚和坦率原本就该是最先决的前提。

我和老婆都是天蝎座，尤其是她，有着天蝎座最标准的毒舌特质——轻易不发言，发言死一片。我真不知道是不是该为这么棒的老婆骄傲一下。我们的好朋友就预言过："你们两个毒舌星座走到一起，每天一定会上演刺猬大战的场面，把对方戳得体无完肤！"

　　还好，我们对于彼此的沟通方式早就已经习惯了。我和许婧原本就相遇在最率真的年纪，十来岁的少男少女有谁不是满腔叛逆锋芒毕露呢？在交往的开始，我们对彼此就毫无掩饰，一路走来接触到的都是最真实的对方。在不熟识的人面前，我们不可避免地会树立屏蔽，以自己"形象大使"的状态去与大家交往，在朋友面前这样的屏障会卸下一层，亲密的好友面前再卸下一层，而只有面对彼此的时候，全部武装才能烟消云散。做回自己，轻松舒爽，这就是一个人面对家人和爱人时该有的模样。

　　有时候，我们之间最真实的状态和话语也许的确会伤害到彼此，因为它毫无粉饰和装点，但是，想来想去，宁可如此。虽然直率也伤人，但我宁愿听到伤人的实话，也不能接受爱人的虚假。好好沟通，没什么事情是过不去的，但好好沟通的前提，不就是坦诚两个字吗？

　　所以，想要追求女孩子们的男生，不妨把"三浪"原则能有多远就丢多远吧。当你有意识地想要用任何方式去武装自己，试图在爱情里达到某种效果的时候，那事情本身就已经变了味道。

"为人浪漫"、"出手豪奢"、"甜言蜜语"、"体贴入微"……世界上的人给爱情整理了许许多多模范准则，听起来很有道理，但是你有没有发现，其实大部分的坏男人都具备了这些条条框框里的"技能"，女孩子跟他们在一起会幸福吗？才不是，他们更加得心应手的另一个技能恰恰是"万花丛中过，片叶不沾身"。今天对你抵死温柔，明天一样会对别的女孩用同样的话语和手段山盟海誓。而不幸的是，好男人经常像曾小贤一样显得"笨"得要命。如果他们不甘心被嫌弃"木讷"和"老实"，而照本宣科地去套用"爱情条款"，那么看到展博了吗，多半会是那个效果。

无论如何，发乎本心是最自然的表现，做作反而要坏事。一旦我们的举动含有表演成分，我们就不得不在生活中也活得像个演员。但是，演员真的是个很辛苦的职业。一言一笑、一举一动都在扮演别人，不但要揣摩剧情，还要力求入戏，咬着牙装上三天五天还好，装上一个月看看？真实的你自己会抗议啊！

在爱情里作假是不会长久的。一开始就画虎不成反类犬地把事情搞砸，这可能还是相对来说比较好的结果，而最糟糕的是，你的演技太逼真，她信了这就是你。那么，要么你一辈子做自己的虚拟形象大使；要么就准备迎接未来的"生活大爆炸"吧。

韩剧《澡堂老板家的男人们》里有这样一个桥段，金喜善饰演的澡堂家三女儿第一次去见未来的婆婆时，罔顾男友的一再告诫，没有穿上淑女装扮作乖乖牌女生，而是艳妆短裙潇潇洒洒地前来赴约。她对未来的婆婆说："我知道您喜欢温柔贤淑的女孩子，他也警告过我一定不要穿超短裙，但我实在不是那样的人，如果装作您喜欢的样子来见您，让您以为这就是我，那以后您看到了我本来的样子不是会很失望吗？如果那样，宁可现在就把真实的自己给您看比较好吧，这样您接受的才会是真正的我。"

看到这里，屏幕外的我真是击节三叹！宁可在一开始就让她看到不够完美但是足够真实的你，也别让她印象太好期望太高然后一跤摔到谷底。她会说："你骗我！"

但这并不意味着什么都不用做，只用自己的姿态去等爱情来就好了。我只是试图告诉你，如果你对现在的自己没信心或不满意，你可以尝试去变成一个更好的你，而不是努力去变成别人。

如果你心里的女神喜欢阴沉冷傲类型的男孩，身为阳光少年的你应该怎么办呢？不如就保持一身阳光的状态出现在她身边，让她明白这就是你，你与她心里的男神相去甚远，但你有属于你自己的独特光芒和优点，展现完整的自己，剩下的留给她去评判。也许她会发现，原来这样的男生也不错，也许她确实无法接受你的性格，但无论如何，你已经把最好的自己展示给她过，她选不选择，都无可遗憾了。

所以，现在依然还在过着光棍节的男孩女孩，淡定点，别急。如果你是一只挂在枝头的苹果，可能的确很难打动一个只喜欢橙子的他／她，无论你使出怎样的浑身解数也无法让他／她欣赏你的味道。但是没关系，世界上喜欢苹果的大有人在，你需要做的不是涂上橙色模仿橙子，而是努力吸收营养寻找阳光，让自己拥有最好看的颜色。在那个懂得欣赏你的人出现的时候，万人之中，一个优秀的你一定会让他／她惊艳不已。

是守护，不是求饶

对待女孩子，我们最容易生出的是保护欲。我们自诩骑士，守卫心中的公主是一生的话题，那么除了她的生活、健康、安全需要守卫之外，她的尊严一样需要你去捍卫。低头、求饶，常跪，这都只是说笑而已。而不作为说笑的，是我们的爱人值得你去为她折腰，而不是斤斤计较。

有一句超级有名的话是这样说的："无论多么幸福的婚姻，一生中都会有 200 次想分手和 50 次想掐死对方的冲动。"

这话听起来好惊悚！我问老婆："有没有这么夸张？"老婆思考了一下告诉我："可能还不止。"

看我一脸吓到的表情，她安慰我说："没关系，冲动归冲动，都是成年人了，连冲动都不会处理怎么行？冲动完了依然是老夫老妻。"

　　我很感动，还没来得及点赞，老婆的另一句话就冒了出来："只要你每次都会认错，那就可以了。"

　　面对这样的答案，我只好一边微笑一边泪流满面。

　　即使是再完美的感情，过程中也难免小摩擦。这是真话，完完全全相敬如宾的生活听起来反而让人害怕。到底是多冷静和克制的两个人，才能漫漫一生全无口角？要么要我相信他们是两个人格完美的圣人，要么他们并不相爱。只有彼此在乎的人们才会彼此动怒，跟陌生人的确我们有的是宽容和大度。

　　具体为了什么而摩擦和争执呢？原因很多，也比较琐碎。夸张一点说，当我们心情不好的时候，任何事情都可能成为理由。毕竟谁都会有疲劳和心烦的时候，谁也都会有情绪不好的时候，家人和爱人原本就会承受比较多的情绪，正面的很多，负面的也难免。正是因为我们爱他们，我们才笃定地相信他们能够理解和体谅"不开心"的我们。

　　除开心情原因，对彼此的担心大概也是引发矛盾的很大源头。

比如，老婆减肥的时候我就会非常不爽！

真不知道现在的女孩子到底是怎么回事，一年三百六十五天里有三百天都会把减肥两个字挂在嘴上，说什么：三月不减肥、四月徒伤悲、五月路人雷、六月伴侣没……你的伴侣这么靠不住的话，还要他干什么？连你胖一点都不爱的家伙，没就没了吧，犯得上连饭都不吃的事情吗？而且也要看看实际情况啊！我老婆1米69的身高，体重连100斤都不到，起风的天气根本不敢让她出门！她还经常嚷嚷要减肥！老婆，你也对着镜子评评理，你究竟是觉得自己哪里肥啊？

我的理念一直是健康就好，瑜伽、普拉提、远足……这些我统统都很支持，但是不吃饭就完全不能接受。尤其，我自己就是个对食物超级有要求的人，每顿饭都准备好了去感受"舌尖上的中国"，但减肥期间的老婆就算吃饭也会变成食草动物。我点牛排红酒和提拉米苏，而老婆的面前只有一盆凯撒沙拉，连沙拉酱都免掉。这种情况让我怎么忍心自己大快朵颐啊！

为了阻止根本不肥的老婆去减肥，我们真是争论过很多次，后来我实在没办法了，铁下心来告诉她："从现在开始你吃什么我吃什么，你不吃我也不吃，如果在片场饿到晕倒，我就说是老婆逼我减肥。"

老婆哭笑不得，八成也是不信。她说："那就看你能坚持多久喽！"然后依旧自己的减肥食谱。

男人说到做到，那几天我也跟着老婆变成了小兔子，一日三餐的待遇还没 tiger 和 effy 好。闻到老婆给那两个"肉球"开罐头，我好想偷吃啊。一盒猫罐头居然做得出西班牙海鲜饭的味道来，猫粮厂商也太"丧心病狂"了！

也实在是因为我的吃霸属性过于著名，于是两天下来，老婆真的被我吓到了。她在确认了我的确不是开玩笑之后，认命地废除了自己的减肥计划，拉我去我喜欢的餐厅狂吃了一顿。从那以后，老婆几乎不会跟我提起"减肥食谱"的事情。我出差在外的日子里，她是不是依旧不肯好好吃饭，至少在我回家或者两人一起去度假的时候，她都尽量表现出上佳胃口。因为我说过，看她吃得香，这本身就是超级下饭的事情。

得承认，这是我在和老婆的"战争"中少有的全盘大胜的辉煌历史。而大多数情况下，无论引发争执的原因是什么，都是我拿出"常跪"的气概来低头认错。

比如说结婚之前，老婆很多次嫌我完全不顾家务。其实我也会偶尔打理一下家居，比如叠叠衣服摆摆碗筷什么的，但是老婆对家务的要求精确到毫米，每件东西该摆在什么地方都是有着绝对规范的，对于我的身手完全看不上，发现这点之后我就理所当然地做起甩手掌柜了。但是当老婆心情不好的时候，看到我所过之处如同遭遇台风过境的房间，她还是会对我怒目而视。

在这种时候下，我就会道歉，而且被怒视的次数多了后，无论如何也会学乖。比如现在每次结束工作带回大堆行李后，我不会再乱七八糟地往地上一堆，而是会乱七八糟地把内容全都塞进柜子里，然后向老婆邀功："你看，我做了家务！"

老婆哭笑不得。因为这纯粹是在增加她的工作量，每次她都需要把我胡乱塞进柜子里的东西拿出来，重新整理一遍再放回去。不过，对于我的改进她深表满意，如她所说，我听取了意见，而且付诸了行动。不论结果如何，这份走心已经让她很开心了。

具体的例子还有挺多，而如何哄生气的老婆开心，这真是每一个男人都要长期面临的话题。一般情况下，只要还能用行动来挽救，我都会赶忙用行动挽救局面；当行动实在来不及的时候，我多半会交给礼物来解决问题：给她做一顿爱心晚餐啊，为她买一个她喜欢的小东西啊，或者杀进她的淘宝把购物车里面的账目统统结算掉……想要脾气不过夜，这都是非常神速的处理方式。

如果情况比较严重，我还会动用身边的朋友和经纪人一起加入战团。我的经纪人就超级可爱，她曾经在我的央告之下一脸严肃地跟许婧谈过："你不理他之后，陈赫现在的心情很沮丧，已经完全影响到日常工作了，我们都很担心。"经纪人扯得无比惊悚，而我老婆却囧坏了。她原本就是那种很怕给别人添麻烦的人。当听说那么多人都在纠结我们之间的问题的时候，估计也让她后悔得不得了。于是当天她就提着便当去剧组探班，一边红着脸怒视我一边苦笑，最后的结局就是我和老婆一起请大家吃东西以作感谢。

记得还有一次，我们都还在上学，我为了一点点小事把老婆惹毛了，她赌气好几天不理我，而我在刚开始的时候也耿耿于怀，觉得大男人不能那么轻易低头。结果没过多久我就扛不住了，想想平时两个人在一起有说有笑的愉快回忆，想想她的温柔可爱和调皮，想想她平时对我的体贴和关心……这些让我觉得为了无聊的事情而付出这么多天连一句话都不说的代价，这真是太得不偿失、太煎熬的事情。

但那个时候，我们已经冷战了几天。我好多次想要搭讪，她都不理睬我，看来这次不出大招是不行了。就这样，我喊了几个当时的死党一起买了鲜花和一大堆蜡烛，跑到她家楼下用蜡烛摆了一个巨大的爱心形状，然后一一点燃，等着她偶然经过窗口的时候会不经意地发现。

听起来很浪漫，对吧？但现实真是狼狈惨了！

首先，那是在晚上，小区里的蚊子飞虫非常多，尤其蜡烛点起来后的光亮本身也招惹虫子。所以，我和朋友们戳在那里等待许婧的过程，简直就是蚊子大会餐的过程。其次，风这个东西实在不好把握，我们的蜡烛东倒西歪了很多次，一阵风过就灭掉一片，需要一个一个重新点起，而如果全都用手或身体去挡风，那从窗口看下来就只能看到莫名其妙的一堆人在埋着头不知道干嘛！第三，她到底什么时候能经过窗口看到这一幕啊？我们点蜡烛的过程中已经引起围观了，这还在其次，如果在她发现之前蜡烛都烧完了怎么办？道个歉怎么这么难呢？

正当我感觉到囧的时候，更囧的事情发生了——那个熟悉的窗口出现了一个身影！但是在仔细辨认后，我才发现，那不是许婧，而是我未来的丈母娘。

你们能想象，当时作为校园黑名单上风云人物的我，有多想转身就跑吗？

过了一个世纪那么久的时间，许婧终于下楼了。像是之前所有不愉快都没有发生过一样，她哭笑不得地埋怨我："笨蛋，你又麻烦这么多人干什么。快把蜡烛收起来，会着火啊！"

算起来，那应该是我人生中最隆重的一次道歉。经过那次之后，我的总结是：道歉这种事情，一定要趁热打铁！时间拖得越久，要付出的努力成本就越难计算！

为什么每次都要男人先道歉呢？

首先，先道歉并不意味着"服软"。老婆在想要和好的时候是一定会给你暗示的，她不会说对不起，但是她会在吵架的第二天清晨依旧把你今天要穿的衣服准备好放在床头，她会一言不发地把你喜欢口味的咖啡煮好晾在茶几上，她也会在赌气出门之后帮你带回你喜欢的水果还有街头小吃……即便在生你气的时候，她心里依旧惦记你，发现这些细节之后，你还忍心让老婆继续生气吗？

其次，不丢人。正因为是大男人，所以首先放下身段才是你应该做的事情。

有人认为，在爱情里先道歉的那个人多爱对方一点。我并不认同，在爱情里辩论多少这是个难以继续的话题。我们只需要知道，引发矛盾的问题值不值得你们为冷战花去的时间、为负气给自己和对方带来的烦恼。不值得，那么还等什么呢？

对待女孩子，我们最容易生出的是保护欲。我们自诩骑士，守卫心中的公主是一生的话题，那么除了她的生活、健康、安全需要守卫之外，她的尊严一样需要你去捍卫。低头，求饶，常跪，这都只是说笑而已。而不作为说笑的，是我们的爱人值得你去为她折腰，而不是斤斤计较。

对于你的折腰，她会用一生的倾倒来回报。

老婆 VS 游戏

没有哪个女孩会不讲理到剥夺你的乐趣，她们之所以不满意，无非是你在自己身上花掉的时间超过了对于家庭的关照和对于她的关注。她们纠结的问题是，作为那个将要陪你共度漫漫后半辈子的人，她们的重要程度怎么会不如一个游戏？

《爱情公寓》第二季临近结尾的时候，有这样一个短片：《谁是百万冠军》节目的主持人向曾小贤提问 2006 年 Wcg 魔兽争霸的冠军是谁的时候，顺口问道："你平时玩游戏吗？"答曰："玩。""魔兽世界还是星际争霸？"曾小贤拽拽地回答说："连、连、看。"

主持人嘴里的水当时就喷了出去。

事实上，我心中的眼泪也随着这句台词喷了出去。曾小贤，我们还能不能愉快地玩耍了？你的游戏段位实在是弱爆了！

早已经向媒体坦白过很多次，生活中的我是个资深游戏迷，从只有俄罗斯方块这一款游戏的黑白掌机时代就加入了玩家军团，后来是小霸王游戏机、game boy、超级红白机……然后一发不可收拾。

在小的时候，父母很早就给我买了游戏机。当时我最大的乐趣之一，就是呼朋唤友拉着一帮小伙伴到家里去打游戏，那时同学之间也很流行交换卡盘。游戏中的身手出类拔萃，这在小伙伴当中也会很有面子。不用说，我常常是最有面子的那一个。

一直以来我都是"深度沉迷症"患者，对一件事情不感兴趣则已，一旦感兴趣就会投入到废寝忘食的程度。而我这种对游戏的沉迷自然很快地引起了爸妈的警惕。治家严格的老爸为了让我用心学习，干脆没收了游戏机，束之高阁。我在百爪挠心很久之后，终于想办法偷了出来，半夜躲在自己房间里把门一关悄悄地玩，超级爽！但那真是提心吊胆的分分秒秒，老爸屋里一有风吹草动，我就吓得半死。现在想起来，那时候真像是在用"绳命"来玩游戏啊！记得有一次，老爸应该是听见动静冲进屋来了，我吓得措手不及，只好一把拔掉电源，把被子往床上一盖蒙头装睡——动作绝对堪称迅猛！结果，老爸又着腰看了下情况，二话没说把我一顿胖揍。被揍完了我才醒悟：用被子把游戏机蒙住有什么用啊，线都还连在电视上呢！

提起这些，80后的朋友一定超有共鸣。谁的童年不是在《超级玛丽》、《坦克大战》、《沙龙曼蛇》的音乐中度过的？哪个少年没有在放学之后泡进学校旁边的街机厅，去用节省下来的早饭钱去换几枚街机币切磋几把《赤壁之战》和《名将》？虽然这些游戏和机型都已经成为了时代的记忆，但回忆里满满的都是我们的童年啊！如今看到新款掌机上推出了《魂斗罗》系列，我还是会激动得血脉贲张！

游戏业的发展超级迅猛，这对于热爱它的玩家来说真是巨大的福音。自从上大学之后，我就开始进入网吧接触网游。回忆起来，那真个是"一入江湖岁月催、从此时间是路人"的故事。

屈指算算，我接触过的网游有很多，从最早的《石器时代》《金庸群侠传》到《仙境传说》、《大话西游》，再到《魔兽世界》、《英雄联盟》……人生的每个时间段都会邂逅一款或者两款刻骨铭心的好游戏。体验游戏里庞杂的世界观、丰富的内设、炫目的战技和策略，享受单纯的战斗快感，这是只有游戏玩家才能享受到的福利，其间的精彩和丰盛一如盛宴。而最让人沉迷的是，通过游戏可以结识到一群原本天各一方的朋友，在交战和合作中发现彼此的志同道合。我们所在的城市遥隔万里，如果没有游戏世界中的平台把大家聚集在一起，我们就算倾此一生恐怕也不会相遇。

关于热血、兄弟和缘分，这是永远会让我激动得汗毛倒竖的话题。

但是作为深度沉迷症患者，在享受愉悦的同时，游戏对我来说也意味着"杀"时间、"杀"精力。每当一段忙碌的工作结束后，回到家里我都会扑到游戏世界里狠狠地放松、痛快地发泄压力，有的时候游戏瘾发作，经常会玩到通宵达旦，碰到神对手和坑队友的时候也难免脾气激增，爆发击穿屏幕的冲动……而这种时候，游戏就会招致老婆的不满。

忘了是哪个神人说过，"女人一生中大多会遭遇两个情敌：

足球，游戏！因为男人在它们身上花去的时间会远远超过陪老婆的时间"。这么说来的话，老婆的情敌在我身上已经占全了，我的确是既沉迷游戏，又热衷看球啊。

老婆是那种生物钟无比稳定、崇尚生活规律作息健康的人。我如果因为工作而熬夜晚睡的话，她会心疼得不得了；但如果是因为打游戏而通宵，老婆就会毫不客气地发脾气。所以经常跟我一起玩耍的朋友都知道，我是那种到时间一定会下线的人。如果我在副本或对抗中忽然秒退了，不好意思，那一定是老婆发出异议，而我乖乖地关机了。

演员的工作性质原本就跟居家无缘，我一年中会有大半时间没办法稳稳当当待在家里，于是假期对我们来说就是两个人的事情，老婆也会非常期待我们共处的时光。如果把这些时间和精力全部扔进游戏里而忽略了她，她当然会不开心。谈到游戏，这肯定不是我们一家的问题，我身边有些朋友真的因为游戏而闹出家庭矛盾，老婆责怪丈夫不顾家不陪她。看来普天下的女人们心情都是十分相似的。

所以，老婆和游戏就注定没办法兼容了吗？

倒也未必。

首先，我的老婆不是和游戏完全绝缘的人，她也有热衷的游戏，尤其以单机模式的角色扮演和恋爱养成游戏居多。为了培养共同话题，我也会凑热闹去跟她一起过关斩将，或者追男追女（恋爱游戏的流程就是这样设计的）。而且，老婆很喜欢对抗游戏，玩起《街霸》敲起摇杆的时候那真是一扫斯文，彪悍得像是亚马逊女战士！所以陪老婆打《街霸》也是我的一大娱乐之。悄悄地说，我还是得让着她的，而且要输得逼真惊险千钧一发，否则不慎赢得太漂亮的话，在接下来的"真人快打"里我一定会被教训得很销魂。

老婆对游戏的不满，无非是它夺走了爱人的时间，那么把一个人的娱乐转化成两个人共享的娱乐，问题就解决了一大半！

另外，既然将大把的时间扔进游戏会招致家庭矛盾，那么就试着控制分寸吧！道理就像吃自助餐一样，少量多次，其间记得不时兼顾着陪老婆看看美剧聊聊天，不太贪心的话就一样可以玩爽。而且两个人在一起，零敲碎打的时间总是有的，例如老婆去健身的时候，去跟闺蜜聚会的时候，或者是每次两个人出门前等她更衣化妆的时候……尤其是这个时候，你能想象女人出门前的准备周期有多长吗？这段时间简直是除了玩游戏别无选择！你不但能过瘾很久，而且不会因为等候的时间太久而无聊，老婆也会因为专注打扮而没空理你，简直是天命所归的游戏时段啊！

而且，对我来说还有天时地利的一条便利：我硬生生把游戏玩成了事业！说起这个来，真是有人生赢家的感觉！

自从跟《英雄联盟》合作、为这款游戏代言后，我就反复跟她强调："老婆，这不是游戏，这是我的工作啊！网上要直播我们战队的比赛，如果在那么多观众面前输掉的话，好丢人的对不对？你看同队的薛之谦、朱桢他们也都在苦练，我还要带领他们征服世界呢，你一定要支持我啊！

面对我冠冕堂皇的理由，老婆和家里的两只猫一律一脸鄙视。不过自此，她确实把时间限度为我放宽好多，而且好几次，我都看到她在偷偷研究《英雄联盟》的战略。大概，她是想在看视频直播的时候看得懂我们一群人是在乱七八糟地忙什么吧。

所以，老婆 VS 游戏，你可以多选吗？

可以。没有哪个女孩会不讲理到剥夺你的乐趣，她们之所以不满意，无非是你在自己身上花掉的时间超过了对于家庭的关照和对于她的关注。她们纠结的问题是，作为那个将要陪你共度漫漫后半辈子的人，她们的重要程度怎么会不如一个游戏？

时间都去哪儿了呢？问问自己这个问题，重新分配一下精力，把老婆的情绪照顾到了，结局往往皆大欢喜。

是为她改变，还是将她改变？

从最初到现在，我们为了彼此改变，同时，也改变了彼此。这过程看起来无声无息自然而然，但是稍微回思，就会觉得谈何容易。时间如流沙，慢慢将我们打磨成彼此心中的模样，而未来还长，今后会变得怎样我们不得而知。但是大约，我们都会越来越喜欢自己。

对我而言，感情里最珍贵的三个字是什么呢？不是我爱你，也不是我愿意。而是——你变了。

你变了，这不是情侣间分手时的惯用开场白吗？"你变了，不再那么关心我了。""你变了，不是从前的你了。""你变了，我已经不认识你了……"

但是，我说的你变了，是指——你为我而改变了。

改变一个人很难的，很多人都会这么说。因为当一个人的世界观已经成型之后，改变就是一件需要发乎本心的事情，除非你真的愿意这样做，否则任何强加的力量都难免招致反弹。

我们想要养成一个习惯，需要至少 21 天的时间。而你变成如今的自己，是从出生到现在所有的经历构成的，你所处的环境、遇到的人、见到的事，它们悄然融入你的血液，培养了你的性格和习惯。每个人自我的形成也许并不比宇宙大爆炸的过程更简单。

但是偏偏，"爱你"是一个人的事情，而"相爱"是两个人的故事，相爱的两个人从素不相识到朝夕相对，在我而言，这是把彼此世界观融合为一的奇迹。

这个过程，无比不容易。

我们身体的每一个细胞都有着排异的功能，精神世界更是如此，即便是灵魂高度契合的情侣，在细碎点滴的生活里也必定有着无数次另对方瞠目结舌的时刻。从小一起长大的双胞胎，还经常会有看对方不顺眼，甚至不能理解对方行为的瞬间，何况原本是陌生人的我们。

于是，"把他 / 她改变"成为了思维中的第一本能。

我们知道改变自己更容易，但对人生和爱情谁会没有掌控欲？那些我们认定是"缺点"的东西，不去把它毁灭，而是向它妥协，这势必也会让自己感到不甘心或不服气。

其实，在生活中能够让我们自己做主的事情本已少之又少。幼童时代，父母会为我们立规矩，我们接触到最多的一句话可能就是"不可以"；进入学校，又要遵守校规班规，每天上学的时间、下学的时间、每节课的 45 分钟、回家后的作业……那都是有形和无形的条条框框；而离开课堂进入社会，这个时候起世界的规则才真正向你呼啸而来，不会再有人像父母和老师一样向你重申规则和底线，但你却不得不天天和它们见面。

但与儿时不同的是，这个时候的你拥有了话语权，除了规则的遵守者之外，你也可以成为规则的制造者。这是世界赋予你的权力，也是成长交给你的力量。你可以影响身边的人了，这感觉很棒。

可能就是因为太棒了，所以我们才经常地会把它用到感情里，常常会有恃无恐地说："你爱我，为我改变一下怎么了？"

让人心痛的是，很多美好的感情就是在这种强硬中慢慢变了味道。

回溯一下我和老婆之间的恋爱史，围绕"彼此改变"这个话题，大约能分成三个阶段。

第一阶段是"蜜月期"。那时我们刚刚交往，正是传说中"被爱情冲昏头脑"的时间，看彼此都超级顺眼，连对方的缺点都会觉得是个性和可爱，随时随地都会被从对方身上发现的相似度和默契度惊喜得连连大呼。那段时间，我们之间的宽容程度简直是毫无底线，也不相信还会有任何事情能让我们向对方生气。

那真是爱情的黄金时代，它像是游戏里的无敌时间一样，把我们牢牢地守护在一起。但是它很短暂，大概几个月后就过渡到了下一个阶段。

天雷地火的冲动期过去后，相爱的两人渐渐冷却激情恢复理智，于是对方思维中、生活中与自己格格不入的东西开始冒出水面。我震惊自己那么喜欢的一款游戏、一首歌曲，她居然嗤之以鼻；她也会对我广泛到无边无际的兴趣和收不住的玩儿心感到头痛。我们忍着惊讶，甚至忍着失望，开始慢慢接受这件事情：我们如此合拍，但是我们毕竟不同。

这是一个以包容为主题的阶段。在一个人的生活变成了两个人共同的生活后，我们都在适应彼此，对于不满的事情我们会提出异议，但收效甚微，有的时候因为赌气反而还会造成相反的效果。我们在摸索中越来越明确对方的性情和底线，有些的确会让我们无奈，而且看来完全没办法调和。比如，我喜欢热闹，呼朋引伴是常态，而她享受安静，常常会缺席我们的聚会；比如，她的学霸属性一直未改，每次我长期外出拍戏后回到家里，总能愕然地得知：她又去学了一门新的语言，又去学了插花，又去学了室内设计……而我对学习两个字的抵触情绪会让她郁闷不已；比如，我会抗议她总是热衷从事危险的游戏——蹦极、跳伞、单人异国深度游，这都让我担心得受不了，而她则恼火我有过度的保护欲。

这个过程中我们有过"交战"，各自阐述心情，而且各自都极端有理，这样的辩论是绝对不会分出胜负的，因为那原本就是在生活态度上的差异而已。于是除了接受和包容，我们真的别无选择了，妥协原本就是感情里的必修课，对方身上值得珍惜的东西那么多，何苦紧紧揪着那一点点不爽不放呢？我曾经这么对自己说。

这个阶段到底有多久呢？我也说不清楚，它历时多年，贯穿了我们恋爱的时间。

而第三阶段，它好像是从某一天忽然开始的。或者说，我是在某一天忽然才意识到，它开始了。

那一天我还记得很清楚。我刚拍完戏在家休长假，她已经定了后天两人一起出发去旅行的机票。晚饭之后，我正在给effy梳毛，看到她在收拾两个人的行李，我扔掉毛刷站起来说："老婆，我来帮你呀。"她应了一声，很淡定地开口说："你变了。"

我，被吓到了。

我一直以为这是情侣间分手时才会惯用的开场白。

那一秒钟我脑内飞转：什么情况？老婆生气了？为什么？我又把毛刷乱扔了吗？是不是她刚刚说了什么我又没听到？或者，今天是什么日子来着？我忘记了什么吗？

结果，老婆的后半句话是："你变得顾家了。"

我，崩溃了。

回想一下，我只好傻笑。记得之前很多次休假，我都恨不得融化在床上睡到地老天荒，恨不得宅在电脑前连饭也不吃地拼命玩游戏，不会理睬家务不会安排行程，而对于老婆提议的外出旅行的计划也总是诸多抗议……从什么时候起，我开始欣然地配合她了？

然后，我又想起：从前的我是只看日漫的人，而现在我和老婆一起追美剧看；从前的我是一个懒得去电影院的人，而现在我会超级关注国内外大片的上映时间；从前的我是并不喜欢猫的人，而现在 tiger、effy 正呼噜呼噜睡在我的脚边；从前的我绝对无法想象恐高的自己会陪着老婆做出蹦极和跳伞这么疯狂的事情，也从没以为过，自己会对此上瘾……

原来在毫不自知的情况下，我变了。而且，谢天谢地，我好像更喜欢现在的自己了。

接下来，我想到：她也变了啊！

学生时代的她沉默内敛，有着天蝎座的特立独行，所有的顽皮和友善全都只面对小小圈子里的朋友，现在的她活泼爱笑、亲和许多，更容易跟陌生人成为朋友。不知道从什么时候开始，她开始听我喜欢的音乐，跟我一起追着日漫新番，手忙脚乱地尝试我热衷的游戏，世界杯时甚至会煞有介事地研究足球规则，跟我一起热论小组赛的结果，她开始和我一样热衷在感情里制造惊喜，联合经纪人瞒住她来剧组探班的时间，她关注了很多她平时完全不在意、而仅仅是因为我喜欢的事情，她记住了我随口一说的鞋子和手表的牌子，在某一天忽然变戏法一样地丢到我面前……那个满身骄傲、说话不多的女孩子，她变得黏人了，变得体贴了，变得越来越像我心目中的贤妻良母。

14 年的时间，从最初到现在，我们为了彼此改变，同时，也改变了彼此。这过程看起来无声无息自然而然，但是稍微回想，就会觉得谈何容易。时间如流沙，慢慢将我们打磨成彼此心中的模样，而未来还长，今后会变得怎样我们不得而知。但是大约，我们都会越来越喜欢自己。

"我变了，而你也是。"如此平淡的对白却是一份时光的礼物。

事因难能，所以可贵。除了珍惜，我们还能说什么呢？

养只猫吧，如果你想读懂爱人

猫敏感、神秘、有洁癖，充满永不放下的自尊心和不安全感。它们强调自己的存在感，纵然依恋你，那也需要以你的用心宠溺为前提。它有本事让自己成为你生活的轴心，甚至有本事让你为它改变自己。你总想挖空心思地取悦它，给它买各种玩具、零食和礼物。当它不屑一顾的时候，你反而会反省自己不够了解它。

记得有人在我的微博下留言，吐槽说："你的微博怎么除了老婆还是老婆啊！"

胡说，明明还有猫！

现在在"陈赫贴吧"里，我家的两团"肉球"effy 和 tiger 风头鼎盛，好多朋友都评价他们两兄妹超级可爱，也纷纷秀出自家猫咪的萌照，而我每次潜在水下都看得特别开心。

当老爸的心情大概就是这样的。如果有人夸你家的小孩，你听了会比听到别人夸自己还愉快。

但是你大概不知道，在成为 tiger 他爸之前，我对猫这种动物其实了无好感。最初老婆提议养猫的时候，我其实是坚决反对的！

老婆是喜欢小动物的人，应该说凡是毛茸茸的生物，她都爱得不行，从袋鼠到考拉、从叫声惊悚的鹦鹉到浑身披满长毛的小矮马……记得有一次我们去国外旅行，她在当地动物园见到各种生物（除了人之外）都冲上去抱。那里有一种巨大的蝙蝠，展开翅膀绝对超过一米长，她伸开手让那家伙挂在手臂上，然后蝙蝠就伸出恐怖的长舌头来舔她！我们一群人已经吓呆了，老婆却很淡定很享受地说："这不就是黑色长翅膀的仓鼠吗？"

按照这样的逻辑，当老婆第一次跟我提"我们养只猫吧，好可爱啊"的时候，我脑内冒出了无数黑线。对于"可爱"的理解，我们一定用的不是一本新华字典！

我是喜欢狗的人，在福州的老家里养着四五条金毛，每次看到它们时心情都超级好。无论我离家多久，每次回去，它们也都激动得像是要从自己的皮里跳出来那样往我身上蹿。这让我特别感动。狗忠诚，恋家，热爱甚至是崇拜它的主人，养狗实在是超级幸福的事情，因为你明确地知道，那些小家伙爱你如生命。

而养猫，这对我来说简直是综上所述的反义词。

我有很多朋友的家里都养猫，我一直不理解他们是不是都有自虐倾向。猫那么挑食，那么傲娇，那么高冷，简直是拿主人当玩具：一旦高兴，就强迫你和它玩耍一会儿，不管你当时正在忙什么；如果不高兴或者玩腻了，扭头就走，你想追上去抱抱它都免谈……也不想想是谁辛辛苦苦供着它，让它养尊处优饭来张口！为什么会有人喜欢这样的动物啊？

见我严肃反对，老婆很奸诈地从网上找来一大堆猫咪的照片和视频拉我一起看，一边看一边给我洗脑："你看，好玩吧？可爱吧？是不是萌得融化了？"我被各种各样的"小肉球"、"小毛团"萌得手脚发软，但依旧嘴硬："小的时候是个生物都可爱啦，小毛毛虫还胖乎乎很好玩呢！"

于是，老婆给我找来了成年猫咪的照片。我第一次见到了tiger那种猫咪的模样。我瞠目结舌了半天，问老婆："它脸为什么凹进去的？被什么打了？"老婆大怒："人家那是天生的！异国短毛猫就是这种脸型，没看过《加菲猫》吗？"

我对着照片看来看去，心里刷刷地长草。长成这副模样，太过分了！太丧心病狂了！太……太可爱了！

就这样，第二个星期，一只呆萌的异国短毛猫入侵了我们的生活。

在否定了一大串如咪咪、喵喵、大黄、皮球这样没诚意的名字后，老婆执意叫他老虎。这大概也是妈妈望子成龙的一种表现吧。

我用尽全力对这只猫表现得毫无兴趣。因为我更喜欢忠诚的小动物，喜欢感情里的等价交换，而猫则完全不是这样的。国士遇我，国士报之；草芥遇我，当然要仇寇报之！我对老婆说："这是你坚持要养的，你要负责到底，以后清理猫砂、打理卫生、给猫喂食，这些事情我统统不管。"

掷地有声地说完这一切的第二天，我开始后悔了。

因为这只猫咪吃饭的样子怎么能那么蠢萌！给它梳毛的时候那种表情完全不能直视！搔搔下巴就把眼睛眯成这样，这分明是在"耍流氓"！而且我发现，这只猫是不是有什么问题？它好黏人。

当时的 tiger 还小，却精力旺盛，上沙发或者上床基本上是四腿并用爬上去的，而我每天就看着它以这种蠢到家的姿势爬来爬去，四处追逐老婆的身影。老婆逗它玩，它无耻地滚来滚去；老婆做瑜伽，它在一边看，看高兴了就陪着做，那柔软程度真是技惊四座；老婆跟我一起看美剧，它爬过我的腿蹭到老婆膝盖上，团成一球打呼噜；最可恨的是，晚上睡觉的时候它要爬进被窝里，老婆搂着它睡！它打起呼噜来那个吵啊，听起来像只小开水壶！老婆完全不介意，而我在旁边玩掌机却要被赶走。老婆说会吵到猫。这不公平！

在不甘心和不信邪的情况下，我尝试着与 tiger 接近。但打死我也不能承认：它只跟老婆亲近，看得我好不开心啊，我有点嫉妒老婆了！那种被小舌头巴拉巴拉舔手指的酥痒，我也很想感受。

也许异国短毛猫的确是猫中的异类，也许 tiger 天生比其他同类更傻一点，又也许我之前对猫咪的厌烦只是傲慢与偏见，总之，我很快爱上了这个小家伙。和享受狗狗的拥护和围绕一样，我享受起了养猫的生活。

猫的存在感比狗低很多，过了小时候的顽皮期就几乎不会再吵闹，也很难得围着你上蹿下跳表达狂喜，但是这并不妨碍你能感受到它对你的依赖。因为它总是精准地出现在挡住你视线的地方——看书的时候如此，看电视的时候如此，我玩游戏的时候尤其如此！它会很低调很优雅地不停蹭你，当我以为那是在撒娇求抱抱的时候，老婆告诉我："那是它们在留下自己的气味。"

"留气味干嘛？"

"就像奴隶主宣布归属权那样。"老婆说。

我开始觉得，给这个小家伙做奴隶，也没什么不好的。

当我习惯且迷恋上与猫共处的日子后，老婆发动了下一波攻势。

这次她连图片都没找，直接跟我说："tiger好孤独啊，我们给他找个小伙伴好不好？"

我囧了："它怎么会孤独？不是有你天天陪它吗？"

老婆说："可是我不会用它的语言交流啊！你看它的眼神，也一定很想找个谁说说知心话吧。"

我败了。原来老婆当年施展的根本就是连锁技！

接下来发生的事情就是，effy 小姐来到了我家。

比起 tiger 来，effy 更符合我先前对猫的理解。它真是个超级傲娇的家伙。比起 tiger，它有一万种全新的求关注的方法：它会故意在你面前优雅地走来走去，就为了让你欣赏它漂亮的步伐，它会故意把水杯（最好是装满水的）用爪子慢慢地、慢慢地推到地上去，因为它知道那样的动静会让你关注它，它会在高兴的时候跑过来蹭蹭你。但是每次你打算主动去抱抱它，它一律故作姿态地跑开，就好像天生就知道"得不到的才是最好的"这件事。欲擒故纵，欲拒还迎，简直是天生的女王本性。

但是我并不怀疑，它喜欢我们，应该说是爱我们。否则它才不需要制造这么多的状况，让我们把视线集中在它的身上。我们享受它的漂亮，它的萌态，它的依恋，而它同样享受我们对它的宠爱。只要这份宠爱稍微分心给了别的事情，它都会不安不爽地前来巩固。

这也许的确是一个"国士遇我、国士报之"的故事。

在养猫这么多年之后，我越来越会觉得，猫像老婆。或者说，猫像恋爱中的女孩。

不喜欢猫的时候，我会觉得这个物种薄情寡义，自私高冷，整个物种都是神经病一样的喜怒无常，天天不知道在琢磨什么，好像没有你的生活对它来说也没什么了不得。而现在看起来，这似乎恰是它们自尊而可贵的地方。它们敏感、神秘、有洁癖，充满永不放下的自尊心和不安全感。它们强调自己的存在感，纵然依恋你，那也需要以你的用心宠溺为前提。它有本事让自己成为你生活的轴心，甚至有本事让你为它改变自己——你会开始花很多很多的时间打理它的皮毛，搔搔它的下巴，给它做饭，陪它玩耍，为它清理厕所……你总想挖空心思地取悦它，给它买各种玩具、零食和礼物。当它不屑一顾的时候，你反而会反省自己不够了解它。

这分明是一个把主人变身称猫奴的过程，但了不起的是，这个过程让人心甘情愿，乐在其中。

其实我很感谢老婆的坚持，是她让我们的生活中多了这么两个小家伙。与它们相处的过程，让我对生命有了不同的了解。在它们身上，我能看到老婆的影子。而在老婆身上，我看到了更多：在她细心地照料着猫咪的一切的时候，在它们生病的时候能做到忙而不乱的时候，一项那么有洁癖的她居然能一无障碍地清理猫砂、处理呕吐物的时候，我总是会忍不住有点感动。

因为，我好像也看到了未来的影子。

在养猫这么多年之后，我越来越会觉得，猫像老婆。
或者说，猫像恋爱中的女孩。

你爱你的老婆，她也爱你，让着一个你爱的人，这有多难呢？

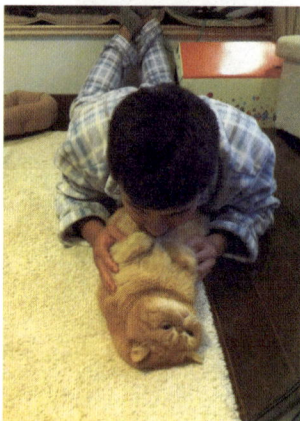

发乎本心是最自然的表现，
做作反而要坏事。

“爱你”是一个人的事情，
而“相爱”是两个人的故事。

从前的我是并不喜欢猫的人，而现在 tiger、effy 正呼噜呼噜睡在我的脚边。原来在毫不自知的情况下，我变了。

"我变了，而你也是。"如此平淡的对白却是一份时光的礼物。事因难能，所以可贵。除了珍惜，我们还能说什么呢？

我开始觉得：给这个小家伙做奴隶，也没什么不好的。

爱情是头等大事

第四章　守得住才叫爱

一生只够爱一个人

你会一生只听一首歌吗？你会一整个夏季都穿同一款 T 恤吗？只抽一种烟？只喝一种咖啡？只看一部电影？只读一本书？只静静等待着，每天都吃同样的食物？只有一个梦想？不停地循规着日复一日的反反复复，不曾厌倦，不曾疲烦？那么最简单的——你能只爱一个人吗？在这或长或短的一生中。

这是很多年前老婆在朋友的博客上看到的一段话。她把它转给了我。

那时我们还分隔在两个城市，都非常年轻，还在琢磨未来，认为明天总是有着很多可能性。对于爱情，我还没有想过。

我思考了好久，然后在网上翻江倒海地查出了我的答案。

从前的日色变得很慢，

车，马，邮件都很慢，

一生只够爱一个人。

这是木心先生写过的一首诗，经典到不容多加一字。

在搜索词条的过程中，我看到了很多相关的问题：一辈子只跟一个人谈恋爱会不会很亏？只爱一个人，是不是等于为了一片树叶放弃整个森林？不比较一下，哪里知道会不会有更好的人在等你？

也许，这真的是个很复杂的话题。

我们不是傻瓜，相爱的过程也不是走在路上忽然看到一口井，咕咚一声就跳进去一辈子不出来，从此只能看到头顶碗口大的天空。我们懂得品尝感情的滋味，懂得体会自己的感受，知道一段好的感情是让人愉悦的，不会让人纠结和疲惫。如果天天要想尽办法去取悦对方，那么她恐怕不是你命中注定的那个人，只有两个人在一起后的日子愉悦远多于折磨，快乐远大于忍受，这样的感情才谈得上珠联璧合。鞋子合不合适，脚比谁都清楚。

如果第一次邂逅就遇到了合适的爱人，这难道不是世界上最大的幸运吗？追逐爱情的诗人说："我将于茫茫人海中寻找我灵魂的唯一伴侣，得之我幸，失之我命，如此而已。"而我们找到了，第一次也罢，一万次也罢，既然找到，又何必那么贪心地问自己：别的糖果味道会不会更好呢？

有人如品酒一样地爱人，自诩将饮遍天下美酒作为人生追求。于是聂鲁达有了《爱情》的诗篇：

没有什么东西可以把我们系住，

没有什么东西可以把我们绑在一起，

我喜欢海员式的爱情，

接个热吻就匆匆离去。

我要走，

我心里难受，

可我心里总是很难受。

我只好说，也许人各有志。既然你喜欢的是浪迹天涯，是海员式的潇洒，那你一定不会抱怨女孩的现实和老来的寂寞。"你总是很难受"，这是你追求的结果；而我的心愿很简单，"吃遍天下，唯爱一人"。这个心愿，我会用心去守护它。

既然说到这里，也顺便说一下另一个很相似也很流行的概念：爱的保鲜期。

我第一次知道这个概念，是在台湾电视连续剧《流星花园》里。F4里面那个长发飘飘叫作西门的公子哥儿的招牌台词就是："一个女人的保质期限只有一个礼拜。"

听起来真帅。这是一个男人彻彻底底把自己的风流和品位炫示四方的架势，字里行间都透出纵横情场、游戏人间的潇洒。电视机前的女孩子被这样的坏男孩迷得神魂颠倒，真是一点也不意外。

但脱离开电视剧来听这句话，就让人匪夷所思了。

在身为吃霸的我的理解里，有保鲜期的东西都该是盒装食物，某年某月某日生产，在某年某月某日前食用才能确保品质安全等等。而爱完全不一样，一定要打个比方的话，我想它是盆栽植物，它会呼吸会生长，会自己寻找阳光，只要你没懒到忘记浇水和施肥，它该在你的世界里生生不息才对。保质期？是不是搞错物种了？

　　至于是一生只爱一个人，还是爱情的保鲜期只有一个礼拜，我的看法依然是那句话：人各有志。你把爱情当作食物，当作速食面，吃饱了一抹嘴琢磨着下次换个什么口味，这是一回事；但如果你是把它当成幼苗来精心呵护和培养，期待看着它发芽生长开花结果，则完全是另一回事。这根本就是爱情观的问题，没有办法轻言是非。

　　但无论如何，我都会祝你好运。找到一个对的人，能够和他／她相守一生。如果你不曾尝试，就不会知道这是生命中多大的福分。

让时间说真话

喜欢一个人的确是不需要理由的，那是滴答分秒就可以萌生的感情。但爱上一个人，想要将自己的后半生都毫无保留地与这个人分享，这是一个漫长的话题，这里面有太多朝夕相处的积累，互相经历的信任，潜移默化的彼此影响和彼此改变。细数这些会花掉我们太多的时间，而总结为天意，应该能是个让大家都满意的答案。

伴随《爱情公寓》第四季的完结，"贤菲"党和"贤澜"党的争执愈加火热。每次潜水偷偷去论坛玩耍的时候，我都会津津有味地看上好久帖子，网上的每一个观点都让身为曾小贤的我感慨良多。究竟是"贤菲"还是"贤澜"，现在，是时候正式回应一下这个话题了。

答案是——我不知道。

真的，曾小贤不知道，陈赫不知道，恐怕此时此刻就连编剧都还不知道故事究竟会如何发展。

很多朋友也许会以为编剧和导演是那个掌握了全剧角色命运的大魔王，都是他们在给剧中的主人公制造麻烦。但事实上不是这样的，当一个角色被创造出来的瞬间，就被赋予了自己的呼吸和意志，决定未来方向的是他们自己的性格，这种性格左右了他们在人生旅途上的一次又一次选择。而编剧和导演所做的，只是将这种性格从角色身上挖掘出来、展现出来而已。最终他们会去向哪里？不到结局浮出水面的那一刻，恐怕任何人都难以预测。

而如果抛开演员的身份，只做一个对剧情热切关注的粉丝，那么我会希望曾同学和谁终成眷属呢？

"贤澜"党请原谅我，我会选胡一菲。

网上有这样的观点：男人喜欢诺澜，女人热爱一菲。因为诺澜符合了男人对另一半一切美好的幻想，而女孩子则更乐意带入一个强势的自己来主导爱情和生活。

有没有道理呢？作为一个大男人，我的确更喜欢诺澜的性格。娶胡一菲那样的女强人做老婆，还真是需要超级强悍的心理建设。

但是，这是作为粉丝的我的评价，不是曾小贤的。

对曾小贤来说，诺澜让他惊艳，让他欣赏，甚至让他感动，但那已经是第三季才发生的故事。在那之前，胡一菲和曾小贤有着更深层次的基础。

从开始的格格不入、见面就吵，到渐渐地彼此关注、彼此在乎，他们悄然养成了留意对方爱好的习惯，他们在计划自己未来的时候，总是不由自主地考虑进这一变故将会给对方带来什么样的影响，他们在生活中容忍着彼此，同样也改变着彼此。这份基础历时多年，久经考验，它真的很难因为另一个女孩的突然出现而改变。

你也许说："那不公平啊，爱情又不是先到先得的奖励。如果小贤选择诺澜，他们一样可以有时间培养感情，一样可以经历很多年很多过往很多挑战啊！"

有道理。但这个前提是：小贤心里不再牵挂一菲了。

当你心里装着一个人的时候，另一个人的出现会带来一连串的对比。你可能得出很多总结，她比她漂亮，比她温柔，比她懂事，比她性格体贴善解人意……这么多的优点，为什么我还是不能下定决心？

因为，你还爱着她，而我们拿自己的心没办法。

由我来说出这些话，好像显得不是那么有说服力，毕竟我又没有亲历过二选一的尴尬。但是，我知道爱着一个人的感觉。

在接受很多采访的时候，大家都对我和许婧的恋情很感兴趣。他们经常会问我："为什么喜欢那个女孩子，而她为什么又会选择了你，有什么特殊原因吗？"

这真是太难为人的问题了，于是我总是会回答说："没什么特殊原因，天意喽。"

喜欢一个人的确是不需要理由的，那是滴答分秒就可以萌生的感情。但爱上一个人，想要将自己的后半生都毫无保留地与这个人分享，这是一个漫长的话题，这里面有太多朝夕相处的积累，互相经历的信任，潜移默化的彼此影响和彼此改变。细数这些会花掉我们太多的时间，而总结为天意，应该能是个让大家都满意的答案。

时间，对我而言这是爱情里的必修课。天雷地火的冲动淡去后，我们回归理性的自己，在相处中审视彼此的一切，尤其是缺点，衡量你是否能接受一个其实并不完美的对方，是否有把握容忍那些你永远改变不了的性格，感受你们的三观是否还如当初一样指向同一个地方……这个过程可能需要很久，然后你自己会知道答案。

秉持这样爱情观的我是不大能够理解闪婚的。我总会觉得在相亲现场，我们每个人都是自己的形象大使，而闪婚的时间也完全不够你去了解一个人的本质。对于爱情，我们总要先把相濡以沫这个步骤经历过，才能决定日后是携手江湖，还是相忘于江湖。

所以，曾小贤注定会选择胡一菲吗？

对不起，我还是不知道啊！

我只知道，曾小贤喜欢诺澜，但他爱着一菲。

现实与童话最残酷的区别在于：现实中的爱情是可能被时间冲淡的，而曾经爱过的人也并不是没有可能被另一个身影替代。

不是所有人的感情都非黑即白，也许心里爱着一个人，而最终娶／嫁的是另一个人。爱情很虚幻，燃烧如烈火，但生活很现实，它是柴米油盐，岁岁年年。

归根结底，爱情是两个人的事情，任何一方的前进或后退都足以左右全局。

和你一样，我也只能关注着曾小贤的选择，我会用力地祈祷，这个选择不要让他留下遗憾。

我们喜欢说，随缘，随缘。而"随缘"两个字真正的意思就是——

让时间说真话，虽然我也会害怕。

老妈和老婆同时落水，你先救谁？

爱情是用来体验的，不是用来考验的。它需要维护和杀毒，而不是被你一再植入病毒去验证系统的牢靠，非要在平静而甜蜜的日子中制造一些注定纠结的麻烦，让你的爱人为你挺身而出，做出感天动地的证明。

老妈和老婆同时落水，你先救谁？

真不知道这个反人类的问题到底是谁最先提出来的，他究竟是有多恨这个世界啊！

随便搜一下，就会发现网上对此众说纷纭。无数女孩都喜欢在你侬我侬的时候陡然穿插进这么一个让人浑身发抖的问题，用以考验男友的浪漫和坚贞。

究竟怎样的答案才能让女孩满意？大概没有。如果男孩选择先救老婆，懂事的女孩子会怒目而视："连老妈都弃之不顾的人，我怎么指望你以后能对感情负责任？"不懂事的女孩子也会撒娇："你就是说说而已，我才不信呢！这话你敢当着老妈说吗？"而如果说先救老妈，那么无论懂事还是不懂事，女孩子都会不爽："我淹死就没关系了是吧？"

无论如何，这都是个两败俱伤的设问，发明这种问题的人一定是"情侣去死去死团"的成员。谢天谢地的是，我的老婆没有用这个问题折磨过我。在网上看到它之后，我们俩作为谈资一笑而过，她没再提起，反倒是我独自纠结了挺久。

如果她有天心血来潮真的这么问我，我该怎么回答呢？

我想过搞笑的解决方法："谁把你们丢下水的？我跟他拼了！"

也想过装傻的回答："老婆你是浮潜高手，游泳比我强多了，你能顺手把我老妈救了吗？"

当然，也想过抵死浪漫的答案："救老妈。因为那是给予我生命的人，是用一生爱我和照顾我的人。但是，我如果救不了你的话，我会陪你一起消失在海里，因为没有你的世界，我一秒钟也待不下去。"

这个答案够好吗？无论是否让人满意，这已经是我的真心话。而同时，我也祈祷天地，别让这种两难的选择发生，我不需要证明自己能够感天动地，我只想要平静的日久天长，与我的亲人、爱人和朋友，慢慢老去。

听过很多向往浪漫的女孩子说："我要一份与众不同的爱情。"

与众不同是什么呢？世界上究竟又有没有与众相同的爱情？自然世界中连两片相同的树叶也找不到，遑论你与爱人相遇相知、互相携手走过的分分秒秒岁岁年年。每一份感情都有自己的独特和唯一，那缘于我们各自唯一的人格，谁都知道复制传说是不可能的事情，但复制平淡，难道这就简单？

我能理解，追求不凡的女孩子心中期盼的是一段轰轰烈烈的感情体验。她们大约希望自己能像被恶龙困守在城堡里的公主一样，等待她们的王子身骑白马披荆斩棘，为她历尽千难万险浴血奋战来至她的面前，以此证明王子之爱不畏艰险，经得住考验。

可真的是这样吗？平心而论，叶公好龙仅仅是因为没有见识过让人胆寒的龙威，而诚如伊拉斯谟所说，年轻人热爱战争的唯一理由是他没有经历过战争。每个人都曾经向往英雄，可一个人成为英雄的过程远远不是影视剧里刻画得那么简单，你看不到他的付出和承受，看不到他在过程中失去的、错过的和被毁灭的所有。

如果是少年时代，《浮士德》中的梅菲斯特跳出来问我："你想拥有万众瞩目的了不起的人生吗？"我想也不想就会回答说："当然啊！用灵魂换取也可以！"我曾经以为，那就是生命的意义。但时至如今，我会说："不了，谢谢，做个平凡人很好，我拥有英雄不能体会的幸福。"

在爱情里也是这样的。不管你是否相信我，平凡远比壮丽要幸运得多。

我们听过很多堪称壮丽的爱情故事：不顾家人的反对、社会的舆论，双双离家出走双宿双飞；在爱人遭逢大病，甚至是人事不省多年后，一直不离不弃；或者像我的假设里那样，一个人离去了，另一个孤独终老，或是不愿独活。

为爱与家人决裂、与朋友反目、与命运抗争，甚至与生命告别……我们被感动得泪流满面，但究竟会有谁甘愿去换来这样的经历？我们追逐的是爱情里的坚贞，而不是动荡；我们期待情比金坚，而不是找来一座熔炉，把原本简单的感情反复熬炼。如果可能，我们当然欢迎全世界的祝福，而不是全世界的考验。

男人也好，女人也好，我们听过太多为了验证另一半对自己的爱而不择手段的故事——爱我吗？愿意去为我摘下悬崖上的花朵吗；爱我吗？如果我生病你会把心脏换给我吗；爱我吗？如果有讨厌的人惹到我，你会给我报仇吗；爱我吗？如果全世界都反对我，你会站在我这边吗……

你也许会说："这都是恋爱时的情话，你哄我开心就好啦，谁会把它当真？"但是在生活里，我们一边嘲笑故事里的主人公，一边又去做重蹈覆辙的事情，而这种事情其实一点都不少。

最有名的那个故事叫作庄周试妻：庄周在山修道，回家探亲途经荒野的时候遇到一个妇人持扇扇坟。问其究竟，原来亡夫留遗言：需等坟土干枯方可再嫁，小寡妇急不可待地要扇干湿土。于是，庄同学觉得女人太可怕了，看似牢不可破的夫妻关系太不靠谱了，他决定回家试试妻子对自己的感情是否坚不可摧。就这样，一场将错就错的故事发生了，他用假死试验出了妻子的变节，又用复活让妻子无地自容，最终自己了无羁绊，潇潇洒洒地断绝了尘世执念修成康庄大道。

当然，这是个见仁见智的故事，它关于人性，关于陷阱，关于引诱，关于试炼，最终，关于道。但是，哪怕重新评价一万次，我的答案也是：不作死就不会死！

如果不是你首先离开老婆进山修行，弃家人爱人于不顾，你们的感情也不至于千疮百孔到一击即溃；不是你凭着仙术设计出了自己的假死和夫人的艳遇，你们恐怕一生依旧和和美美。究竟这是在折腾什么呢？生活本身已经是最好的试金石，时光漫长，人生叵测，我们自己不是圣人，也无权要求对方一无过错，所以困难临头或遭逢诱惑的时候，两个人握紧双手顶住压力就已经是了不起的感情。可是，你却非要为病毒制造温床，把细菌打进爱人的血管里，让一段好好的感情病入膏肓，到底是谁更应被怪罪？

所以，对那些喜欢通过问题考验另一半、没有问题也要制造问题的朋友，我想说，别折腾了。爱情是用来体验的，不是用来考验的。它需要维护和杀毒，而不是被你一再植入病毒去验证系统的牢靠，非要在平静而甜蜜的日子中制造一些注定纠结的麻烦，让你的爱人为你挺身而出，做出感天动地的证明。

相爱不容易，这是一个需要守护和创造的过程。没有人能保证哪怕飓风过境，你们的感情依旧屹立如山，正因如此，多听听天气预报，避免飓风，这才是正解。非要拖着爱人的手冲进风眼，只为了看一看劫难过后你们是否依然相守，那么，我只能是祝你好运。

一口气写到这里，我推开键盘扭头问老婆："如果我和你老爸一起掉进水里，你先救谁？"

老婆看了我一眼："我跳进水里的一瞬间，你俩就会各自从水里冲过来救我。咱能不'二'吗？"

好的，老婆。

努力让你不舍得

在爱情里，左右设防终究是末技。当一颗心不再紧系于你的时候，任何情况都可能成为"意外"。哪怕多用力，也无法用双手捧住流向四面八方的水。所以努力吧，唯其二字可以守恒。努力让你不舍得，努力让你觉得，离开我，那真是亏大了！

很多人问过我同样的问题："许婧这样的女孩八成会有很多人追吧？你应该有无数竞争对手，请问你是怎样披荆斩棘脱颖而出，鏖战了 13 年后抱得美人归的？"

我的回答一直都技惊四座："放心，没人追，全世界都知道她是我的女孩！"

的确是从一开始，我就为选定的女孩打上了"名花有主"的标签。

在初中的时候不用说了，那个时候我们两个走在一起早已轰动校园，就算有谁对她"心怀不轨"，也只能饮恨自己下手晚了。升到高中之后，虽然我们的学校之间有了距离，但对我来说只是小事一桩，我天天接送女朋友的"事迹"早就在她学校里被传成佳话。而且我的作风很高调，其中多少会有点宣告的意思：喂，竞争对手退散吧，这个女孩有男朋友了哦！

真正算得上距离考验的，应该是大学四年的那段时间。

初赴上海的时候，我禁不住心里打鼓，因为我的世界忽然之间别开生面，遇到了很多很棒的人，感受到了和以前完全不同的生活体验。到了大学，人也到了趋近成熟的年纪，自己会散发，也会渐渐读懂别人身上散发出来的人格魅力，那是与少年时代完全不同的一种感受。那个时候我的确有些担心：四年之后的一切还会一样吗？我和许婧都会改变，而这份改变是彼此难以参与的，它只能受各自身边的环境和人物来左右。如果她遇到了比我更好的人，我该怎么办呢？

杞人忧天的痛苦是，你永远没有答案，而又不甘心就此释怀。

于是，尽人事而知天命成了唯一的选择。如果说我注定不是她生命中的那个人，她真的遇到了比我更好、更疼她、更能让她幸福的男人，这也算是天命所归吧。尽管我会泪奔，但是也肯定会咬牙祝福她。没办法，这是那时候的我能想到的最豁达的答案。

不过，在安天命之前，总要把人事尽了才行。一件事情你只有用尽过全力才不会有后悔的余地。而后悔，这才是感情里最大的败笔。

就像我之前说的那样，我开始了每周一次的两个城市间的往返。距离虽然产生不安，但的确也是产生美的，每一次的见面都让人无比期待，这是时间和距离送给我们最棒的礼物。

每周相聚的时间很短，我会不厌其烦地要求她带我逛校园，美其名曰是了解一下她生活学习的地方，实则就是在招摇。作为护花使者，我恨不得把"名花有主"四个字做成烟花在她们学校里大放特放，让全体学生甚至是校长能看得到！

同时，我以飞快的速度和她寝室里的室友混熟了，然后郑重其事地拜托她们："帮忙多多照顾许婧，她很少自己出远门的。她身体不舒服一定要打电话告诉我，她经常不好好吃饭……"只差说出："如果有人胆敢追她的话，火速告诉我！我第一时间冲过来捍卫我的爱情！"

至于四年的大学生活中，是否真的有男生追求过她呢？我不得而知，至少她那些我已经混成了"好兄弟"的舍友们没有通报过这样的情报。

如果炫耀自己的努力的话，我会说，我没有给别人见缝插针的余地。关于异地恋的情感空档期，我已经用"飞赴现场"的实际行动最大限度地填满了。即便相隔两百多公里，她的身边一直都充满我的气息，就算是再不知趣的男孩也该知难而退了吧？

但是，这么说又不公平。在一段完善的感情里，付出努力的永远不可能只有一个人，因为相反的例证多而又多。即便朝夕相处又如何，变节的故事随时随地在这个地球上发生着。如果我的女孩不再爱我，而是爱上了另一个人，那么任凭我在两个城市间跑断双腿，也依然无法改变什么。

大学毕业后，我们虽然来到了同一座城市，生活在一起，但演员的职业特性注定还是让我们聚少离多。距离依然是问题，但是担心却不会再有了。复杂地说，这是潜移默化的磨合，日积月累的信任，朝朝夕夕，一言难尽。而最简单来说：随着大学毕业，我们的感情，也毕业了，它通过了让人悬心的考核期。

考核的标准是什么呢？我感觉它像是一种气场，就像武林高手能够通过内外兼修而锻炼出"金钟罩"这样的绝世神功。在彼此信任的爱人之间，各自流露出的气息就绝似这门武功。说起来这很微妙，面对诱惑，一言一行一举一动之间，甚至是眼神和微笑之间，就能看出一个人是心猿意马，还是心如磐石。身体健康免疫力过硬的时候，我们哪怕被病毒侵入也不会病倒，"诱惑"无一不是乘虚而入的，而"无虚可入"的时候，诱惑还会是问题吗？

对一段优质的感情，最漂亮的评价就是"无虚可入"。

同样的问题也被人问了很多次："演艺圈是一个充满诱惑的地方，而作为艺人，你的老婆会担心你们的感情吗？"

"会吗？"我问她。

她的回答也是技惊四座："担心有用的话就不会有人出轨啦。既然没用，那么努力就好了。努力让你舍不得我，让你觉得，丢了这么好的老婆，你就亏大了！"

给你点赞啊，老婆。

在爱情里，左右设防终究是末技。当一颗心不再紧系于你的时候，任何情况都可能成为"意外"。哪怕多用力，也无法用双手捧住流向四面八方的水。所以努力吧，唯其二字可以守恒。努力让你不舍得，努力让你觉得，离开我，那真是亏大了！

这两个字之前我们彼此都做到了，都有漂亮的答卷，所以如今的我们才会在一起，而今后，恐怕还得一直努力下去——谁叫爱本就是个生生不息的话题。

我们在婚后都会变成"吸血鬼"

很多植物都有着最长久的生命周期。当它是种子的时候，你把它种到土里，它发芽了，长出幼嫩清脆的小苗，你无限惊喜，觉得那颜色真是可爱极了；然后，它慢慢地长大，幼苗时的稚嫩一去不返，你依然能看到它挺拔茂盛的成熟之美；再然后，它开花了，是那样繁华鲜艳，让你不忍移开视线；到了秋冬，花朵落去，可能连叶片也会凋零，但你一样看得到生命的魅力，它沉默地酝酿着新一年的嫩芽绿叶和鲜花，与你年复一年地相约有期。

爱情也是这样的。在人生的每一个时间段里，它都有着属于自己最美的样子。

"结婚之后，你觉得最大的变化是什么？"这大概是我在婚后被问起最多的问题。

其实，真的没有什么变化，最大的变化可能就是我叫她老婆这件事合法了。

在结婚前，我们已经相恋十三年。这一过程足够漫长，早已潜移默化地完成了从爱人到亲人的转变，结婚这个形式对她来说可能仅仅是称谓上的变更，而对我来说，也不过是圆了当年那个吹牛少年的一梦。

我当然也听说过那句话，婚姻是爱情的坟墓。它大抵是用来吓唬那些对爱情和婚姻还心存轻率，还觉得"结婚无非是两个人一起照一张照片、领一个证件那么简单的事情"的情侣们的。这是在提醒他们：你到底有没有做好准备？

到底爱情要为婚姻做出怎样的准备呢？这说来话长。

相爱相对简单，就算有再多折磨，充其量也只是两个人的事情；而结婚，这是两个家族的合并，你忽然之间有了一系列跟你毫无血缘却又联系紧密的亲人，在之前的人生中你们完全不认识对方，而在今后的一辈子里，你们居然互相担负起了一家人的责任。这种"生活大爆炸"一样的变化的确会令人感到惶恐。

过来人会说："恋爱是琴棋书画，生活是柴米油盐。"热爱童话的小伙伴一定无法想象公主嫁给牧羊少年后洗衣服做饭剪羊毛的画面，这太违和了，太不美好了，童话故事里不是这样说的。

生活的确很琐碎，很现实，没有物质固然寸步难行，而就算物质丰足也一样无法满足精神里的各种洁癖。愕然的情侣会发现：如花美眷也会有睡相四仰八叉的一面，一无初见时的唯美；追风少年一天不刮胡子不洗头发看起来也会像个土匪，而那原本就是生活的样子。他们开始纠结到底该谁做饭，谁洗碗，同时开始发现和长辈的相处需要无比的耐心和艺术。他们都付出良多，从公主和王子变身成生活的佣人，经营一个家庭，这会比经营一段爱情复杂很多，实际很多，他们很累，身心疲惫，然后他们会说，爱情死了。

其实爱情还在。只是生活太强大，当我们面对它手忙脚乱的时候，爱情里的浪漫被丢到了九霄云外。如果不去找它，它永远不会回来。

爱情是婚姻的坟墓，这句话对我来说的意思大概是：在婚后，我们都会变成吸血鬼。

在恋爱的时候，我和老婆有很多兴趣和话题，它们关于游戏，关于电影，关于书本，关于今天去哪儿吃饭，明天去哪儿玩。而生活在一起成为一家人以后，我们的话题成倍增加，多出了关于事业该怎么计划，房间该怎么布置，日用品缺少了什么，给彼此的父母买什么礼物，给未来的小孩起什么名字……谈论起这些的时候，我们还是一样兴致勃勃热情百倍。生活改变了我们的口味，丰富了我们的关注点，我们像是改变了物种一样变得不再是从前的自己，因为在十年前，打死我也想不到自己会对养育小孩这个问题萌生兴趣。而现在，它却是我和老婆讨论得最多的话题。如果你硬要说，这是爱情进入了坟墓，那我只好认为自己已经变成了吸血伯爵——他天天睡在豪华的棺材里，照样甘之如饴。

生活对我们来说同样琐碎，有时我们也会疲惫，也会变得斤斤计较、争论是非。但是，我们会"吸血"啊，如果感到爱情"口渴了"那就去喝水吧！莫泊桑早就用《礼物》告诉我们，再忙碌和卑微的生活里也绝对会有爱情的空间。有人爱得浪漫，有人爱得现实，这都不是问题，也不会是过错。给爱留点时间，给爱人留点时间，柴米油盐里依旧有花好月圆。

我们会长大，会老去，会慢慢改变对世界的看法，但这不是让爱情面目全非的理由。恋爱也好，结婚也罢，只要用心经营，你真的不用担心爱会先你一步进入"坟墓"。

这就像养花。我在福州的老家里充满各色花卉，在这方面我很有发言权。很多植物都有着最长久的生命周期。当它是种子的时候，你把它种到土里，它发芽了，长出幼嫩清脆的小苗，你无限惊喜，觉得那颜色真是可爱极了；然后，它慢慢地长大，幼苗时的稚嫩一去不返，你依然能看到它挺拔茂盛的成熟之美；再然后，它开花了，是那样繁华鲜艳，让你不忍移开视线；到了秋冬，花朵落去，可能连叶片也会凋零，但你一样看得到生命的魅力，它沉默地酝酿着新一年的嫩芽绿叶和鲜花，与你年复一年地相约有期。

爱情也是这样的。在人生的每一个时间段里，它都有着属于自己最美的样子。

做一辈子的情人，谈一辈子的恋爱，直到白发苍苍，逛街的时候依然十指紧扣。

这是我对于爱情最大的理想主义。而实现这一切，恰恰需要用现实主义的步伐一步一个脚印地去书写。

一切尽在平淡里

平淡本身珍贵，不要因为它不再激情四射就忘记这一点。每天围绕我们的空气也不会故意地索取存在感，你可能忽视它，但你绝不会想要离开它。因为有很多时候，"平淡"这个词，恰恰等于你一直以来的需求。

可能我天生是个对流行词不太敏感的人，也可能是当年"七年之痒"这个概念还没有像今天这样泛滥成灾，所以直到今天有人问我："你们有没有遇到过类似七年之痒的问题？"我会很惊讶，茫然地回想一下：痒过吗？毫无感觉啊！

我们的第七年是 2007 年。那一年国内外发生了很多重大事件：欧盟发表了《柏林宣言》，肯尼亚航班在喀麦隆坠毁，"嫦娥号"登上了月球，我记得那一年的奥斯卡最佳影片是《无间道风云》，NBA 的总冠军是圣安东尼马刺，帕克成为 MVP，欧洲杯的冠军是 AC 米兰，利物浦输得很遗憾……那年我还在读大三，每天课业之余被各种各样的新闻轰炸，每周都在火车上来来去去，而我们的感情，像是之前的每一年和之后的每一年一样，没有什么特别的风吹草动发生。

后来我在网上翻到，原来"七年之痒"是个舶来词。它大体的逻辑是，每隔七年人体的每一个细胞就会完成一次完全的新陈代谢。和七年前相比，你在身体上是完全崭新的自己了。而这个崭新的自己，可能已经对曾经的爱人有了别样的看法。把它带入到感情里的话，七年的时间，当初的新鲜感早已用完，恋爱时的激情澎湃已经变成了柴米油盐，于是很多原本相爱的人开始厌倦。他们说："感情进入瓶颈了，怎么办？"

你的 iPhone 用了两天，没电了怎么办？当然是要充电。不然就算你扔掉这个，换了新的手机还是会用到没电，最超长的待机时间又能维持几天呢？这跟恋爱里关于"激情用完了、新鲜感用完了、浪漫用完了"的情况有什么区别吗？只知道使用不知道保养，甚至不知道应该补充能量，那么别说感情，连手机也会用不长啊！

知易行难，真实的生活也许没那么轻巧。一段可以维系七年以上的感情，想必双方都有着难以计算的付出，而出现"痒"的问题，也无非是在平淡的朝夕相处中对彼此太过熟悉，熟悉到疲惫了而已。

先说说平淡这件事情吧。

相处得时间久了，一些从前的浪漫会变成我们的习惯，就像是呼吸和三餐一样。从前一起散步觉得看路边的垃圾桶都会觉得满眼温柔；从前一起腻在沙发上看电视都会觉得有人陪着真好啊，哪怕她对你喋喋不休你也一点都不厌烦；从前就连在双人床上抢被子抢地盘那么无聊的小事你都会觉得很好玩……而现在，你习惯了，不再新鲜了，你觉得那就是平淡了，有时候你可能无味、厌倦，甚至会觉得好烦，问自己为什么每天都要重复这些事。

但当它忽然没有了，你试试看。

直到现在，每次跟剧组出差前我都会特别舍不得，老婆也会在我每次刚离开的那几天感觉到失落，正是因为原本属于一个人的生活早已经被两个人的朝夕相处给填满，任何一个人的离开都能制造出巨大的真空来。

平淡本身珍贵，不要因为它不再激情四射就忘记这一点。每天围绕我们的空气也不会故意地索取存在感，你可能忽视它，但你绝不会想要离开它。因为有很多时候，"平淡"这个词，恰恰等于你一直以来的需求。

两个人相处久了，审美疲劳的情况真的会有。

重要的日子每年只有一次，这是有道理的。一年只有一次情人节，所以那一天的玫瑰才会如此浪漫。一年只有一次端午、一次中秋、一次新年，所以粽子月饼年夜饭才会有让人回味无穷的魅力。

我喜欢美食，也喜欢做饭，最近正在严肃地思考在福州老家开一间火锅店的问题。那么就用做饭来打比方吧。

如果在你的餐厅里厨师只会做一道菜，那么哪怕它是鲍鱼熊掌，客人天天吃也会觉得腻。《爱情呼叫转移》里面的徐朗对妻子忍无可忍地大喊："每天都是紫色毛衣，每天都是炸酱面，你烦不烦啊？"徐朗固然不知珍惜，妻子本身亦有问题——你就不能换个颜色的衣服，改做两天蛋炒饭吗？

而我会最终选择开火锅店，也正是因为它内容丰富、花样百出。同样的是火锅，辣底和清汤便迥然不同，鸳鸯、菌鲜、鱼汤、药膳，光是锅底就变得出五花八门的口味。而可以往里面涮的食材更是丰富到说都说不完，多么挑剔和善变的人在这种饮食方式前也很难说吃到厌烦。

把生活当作火锅来看，你就只会往里面扔羊肉吗？肯定不是，因为菜单上明明还有那么多选择。

所谓的新鲜感，无非是用同样的方法找不一样的事情来做，和同样的事情找不一样的方法来做。

每年都送老婆玫瑰，情人节、七夕节、妇女节、生日……你觉得实在太没创意了。那么你是否知道：玫瑰的颜色有许多种，每一束花的数目所代表的意义都不尽相同。

每年生日都吃蛋糕，情人节都吃巧克力，各种牌子的都吃腻了，那你不妨像我一样，试着自己亲手制作出一个蛋糕来。（那并不是一次很成功的经历，但是却很有乐趣。）

从前你们喜欢一起爬山，现在爬得厌烦了，那么一起去滑雪场试试吧。世界上还有游乐场、驯马园、水上世界和森林公园……何况，还有电影院呢。

激情不再的意思是，你不再去制造激情了。

最初的新鲜感会耗尽，但是生活本就需要不停地创新。大千世界分分钟有新闻，分分钟都有崭新的事情在发生、崭新的科技在推出、崭新的节目在更替、崭新的娱乐方式在降临，你说你们在一起找不到新的乐趣？你们是有多古董呢！

爱是需要维护和创造的事情，它需要用心经营，它需要浪漫需要惊喜需要调皮，需要心血来潮。当一切都已做到，那么你也会像我一样茫然："无聊？那是什么？"

一生只爱一个人，很亏吗？

时间，对我而言这是爱情里的必修课。

不管你是否相信，平凡远比壮丽要幸运得多。

你需要把自己当时的心情拍下来，把眼前的风景和心灵的震撼一同记录下来，让你在今后漫长的时光里每一次看到这幅画面，都会记起当时的心情。

爱是需要维护和创造的事情，它需要用心经营，它需要
浪漫需要惊喜需要调皮，需要心血来潮。

对一段优质的感情，最漂亮的评价就是"无虚可入"。

我不需要证明自己能够感天动地，
我只想要平静的日久天长，与我的亲人、爱人和朋友，慢慢老去。

世界那么大，我们想要一起去的地方还有很多很多。
下一站会是哪儿呢？

爱情是与你走遍世界

第五章　最终的梦想进行式

唯爱之旅，just we are

世界那么大，我们想要一起去的地方还有很多很多。下一站会是哪儿呢？也许是北极。因为老婆已经向往过很多次，想去看极光。她说："听说阿拉斯加的极光是五彩的，在浩瀚夜空之下无比绚丽。虽然极光难遇，而且短暂，但置身它的光芒之下的时候，你会有关于永恒的感动。"

永恒，那是一个凡人对于世界最奢侈的追求了。

我和老婆的婚礼举办过两次。第一次是在普吉岛，那是我们梦想的开启之旅；第二次是在福州老家。我们出生在那里，成长在那里，那是为了给亲朋好友们一个交代：放心吧，爱情长跑了十三年，我们现在终于结婚了！

两次婚礼的意义各有不同，形式也大相径庭。但是在两次的婚宴上，我都唱了同一首歌送给亲朋好友，也送给老婆。

《给特别的你》，这是我在婚礼前几个月自己作词的一首歌。

结婚的时候送给老婆一份特别的礼物，这件事情我早有计划。至于到底送什么，我纠结了很久，最终想：送一首歌吧。我们的故事很长，在歌声里，让我慢慢地来讲。

因为是份惊喜，所以我在准备期间没有让老婆知道。填词的时候，我躲在房间里一个人安静地回忆，慢慢翻看这么多年来我们俩的照片、微博和日记，看着看着就开始傻笑，眼睛也酸酸的，回味着一路走来的脚步，只觉得幸福无边无际。

我在歌词里写：

> 我要说：谢谢你带我了解这个世界；
>
> 我想说：我爱你让我用一生照顾你；
>
> 我知道：没有你我的人生就不能完美；
>
> 我愿意：陪着你实现我们所有的梦想。

"我们所有的梦想"，这是我从一开始，就对老婆的承诺。那时我们都还是学生。她告诉我："我的梦想是环游世界。"

我说："好啊，以后我带你去。"

年少时的我们眼空心大，还不知道人生的辛苦和未来的考验。但是我的那一句"好啊"，真的不只是说说而已。

之前网上传出了我和老婆一起挑选婚戒的照片。其实那是我们在逛街的时候，顺便为接下来参演的电视剧选道具。而至于我们两个人的婚戒，我敢保证它上天入地唯一无二。因为——那是我自己设计的一个款式。

我们的戒指是向 I Do 订购的。"世界上最温暖的一句话不是我爱你，而是我愿意"，看到这样的诠释之后，我立刻感动得融化了，这和我们灵魂里的声音太过吻合。

至于戒指的款式，因为我们都喜欢大海的关系，所以选择了最接近海洋之心的蓝宝石作为材料。我的那一款内壁中嵌入蓝宝，寓意是海洋，许婧的那枚戒指设计成了浪花的轮廓——浪花永远在海的心里，不是吗?

我就像说评书一样喋喋不休地告诉设计师："老婆的梦想是环游世界，而我的梦想是完成她的梦想，我们未来一起会跨越海洋，去到很多个地方，这也是以海为主题的理念之一。"

设计师听完之后，沉默了大半天，说："这组婚戒有名字了，它们叫作'唯爱之旅'。"他们满怀祝福地向我承诺，以后我们的环球之旅每到达一站，他们都会在戒指上镶嵌一颗宝石来纪念我们的旅程。当天涯海角都被我们走遍时，这对戒指会成为抵死浪漫的见证。

我接受了这个计划，忍住一脸的傻笑，忍住澎湃的心跳，回家后赶紧和老婆一起商量：把结婚的地点安排在哪里比较好？最后我们一致认同：普吉岛，把第一颗宝石镶嵌在那里。

这早已经不是我和老婆第一次旅行了。但是，之前的旅行从未如此隆重地标志过"开始"的印记。就让我们从普吉岛出发吧，就让那里成为我们环球之旅的一个隆重的起点。当有一天我们白发苍苍，当天涯海角真的都被走遍了，我们会戴着戒指回到那里看一看，那是一切承诺开始兑现的地方。

歌词里说："是老婆带我了解了这个世界。"这并没有夸张。

作为演员，我需要频繁地在各个城市间飞来飞去，难得休假的时候我就会变得很宅，恨不得天天窝在家里连门也不出。如果不是老婆的坚持，如果不是当年的豪言壮语，我肯定不会有动力背起行囊去到那么多遥远的国度。

如果是那样的话，我将会错过很多风景、很多美食，很多关于异域的精彩体验。这辈子就是这样的。如果不曾见识和领略过，那你也不会为此而遗憾，但一旦与炫丽邂逅过，那么无论路途上付出多少辛苦、飞机上经历过多少忍耐，在回想的时候你也会觉得，真是三生有幸，不曾错过。

时至今日，我已经养成了休假即远行的习惯。记得几年前在跟一位前辈喝咖啡的时候，他问我关于未来的计划。我说："大概是每年接两三部片子，不要太忙，留下三两个月的时间陪老婆完成周游世界的计划。"那时前辈对我说："这梦想有点幼稚，人在生命中的每个阶段梦想都会变化的。"也许吧，但是我的"阶段变化"可能比较漫长，当有一天真的这个梦想改变了，那么一定是这个梦想已经实现，我们已经把世界走完。

世界那么大，我们想要一起去的地方还有很多很多。下一站会是哪儿呢？也许是北极。因为老婆已经向往过很多次，想去看极光。她说："听说阿拉斯加的极光是五彩的，在浩瀚夜空之下无比绚丽。虽然极光难遇，而且短暂，但置身它的光芒之下的时候，你会有关于永恒的感动。"

永恒，那是一个凡人对于世界最奢侈的追求了。

而我们，已经天不怕地不怕地把它刻在了戒指上，写在了计划里。

唯爱之旅，just we are。

始终牵手去旅行

我要说，谢谢你带我了解这个世界。我们始终牵手去旅行吧！因为每一次，都是你赢了；因为每一次，你都让我来对了。

小师妹娄艺潇时常调侃我："师兄，你一个大男人怎么比我还爱自拍？天天端着手机能不能行啊！"

我会以师兄的姿态高傲地告诉她："哼，懂什么，这是在为每一次的旅行练习摄影技术！"

我说的是真的。

以前并不觉得，但是爱上旅行后就会知道，每个人必须学会拍照。摄影不是把镜头对准人物、风景，随便按下一个快门那么简单。你需要把自己当时的心情拍下来，把眼前的风景和心灵的震撼一同记录下来，让你在今后漫长的时光里每一次看到这幅画面，都会记起当时的心情。

这并不简单。这种体会是我在去过圣托里尼、米兰、罗马、威尼斯等一系列城市之后的感受。

我和老婆有个好玩的小习惯：每到一个地方，就会买当地最漂亮的明信片，在上面写下此刻的心情和对对方的祝福，不告诉对方内容，然后跑去当地的邮局写下家里的地址寄给彼此。当旅游一圈回到家里后，我们就会收到一路走来每个地方的明信片，看着上面的照片和背面的寄语，就好像自己又置身到了回忆中的旅途。

其中让我印象深刻的是爱琴海的明信片。

画面上是当地最有名的蓝顶教堂。它在阳光海滩的背景下，就像是一个建立在礁石上的小小的梦幻城堡。从幼童时代起，我关于童话的所有想象都在看到它的一瞬间内得以落实。

老婆在街头看到这张明信片的时候顿时就走不动了。我们买下它，然后迅速向当地人打听它在哪里，租了车之后一路直杀过去，心情迫切得简直像是在寻梦。我们按照明信片上的角度，不停地为它拍照，连把自己照进去都有点舍不得，生怕破坏了这份童话般的完美。

也还记得我们在圣托里尼的时候，住的伊亚镇上的酒店有个绝佳的观景台。当地人告诉我们，在那里能看到岛上最美的日落，每天傍晚都有很多游人聚集在酒店前的台阶上，目送着太阳落下。在太阳余辉消失的瞬间，大家一起爆发热烈的掌声。我们就在这样的氛围下喝着香槟，泡在泳池里或躺在露台上，拍了很多的照片。现在翻出来看看，还会想起当时美好得一塌糊涂的心情。

除去这些，直到现在让我都最喜欢的照片，应该是拍摄于梵蒂冈的圣彼得教堂。教堂内是不允许出现闪光灯的，我们只留了这座恢弘建筑的外景，而这画面已经足以把我带回到当时的震撼里。

提起来，去梵蒂冈的这段旅行是我的完败之旅。我在那里彻彻底底地输给了老婆，至今想起来都有点胸闷气短。

那是个假期，我刚刚拍完戏，人很累，很想宅在家里彻底地休息一段时间。而老婆已经计划了很久关于意大利的旅行。她向我提议："走呗？"

见我不想动弹，老婆再次奸诈地发动了图片攻势。她在网上找来了无数秀色可餐的风景照，一边看一边讲述它们的历史典故。这让我觉得，如果老婆去做推销，那她很快会成为世界首富！

画面当然很震撼，我当然被诱惑，但是我抵死不从——不能每次都被那么轻易地说服啊！已经太多次了！

然后，老婆开始失落。

你们知道什么是攻势吗？这才是！看到她一脸委屈的样子，我心碎得像饺子馅一样，苦着脸问她："非去不可吗？"她依旧委屈，小声地告诉我："我准备了好久了，做了好多功课，我知道你一定不会后悔这段旅行的。你一定会感慨得稀里哗啦，觉得真是来对了。我敢打赌。"

"那好吧，打赌。"

我们订了机票和酒店，然后启程了。

去意大利的过程非常痛苦，我们坐了十几个小时的经济舱，赶上飞机误点空中管制，最后落地的时候已经是半夜，机场到酒店的距离听起来像是天方夜谭。

于是从机场到酒店的整个过程里，我的脸都很臭，心里较劲地决定：不管这一路我看到了多棒的风景，哪怕是看到丘比特本人，也绝对、绝对不能露出兴奋的样子让老婆得逞！

然后，我们前后去了米兰、佛罗伦萨、罗马。

我的心情简直是不可逆转地从别扭渐渐向虔诚转变。这几乎是一段朝圣的旅程，向世界顶级的时尚之都，向文艺复兴的发源之地，向五十步一教堂的古罗马帝国的源流之城。

尤其是徒步罗马的时候。那个沉淀了千年历史遗迹的城市被昵称为"永恒之城"。行走在其间，就像浮光掠影地穿越一部部老电影中的画面，它古老到让你连真实感都失去，你牵着爱人的手行走，心中居然会不可节制地充满神圣，在砖石垒摞的街道上仿佛举头就能看到头顶上空漂浮着朱庇特带领的罗马诸神。

我被震撼了。但是，我在跟老婆打赌呢，如果轻易就服输的话颜面何存？我强撑一脸的冷淡，问老婆说："就这样吗？还去哪里啊？"

老婆胜券在握地说："梵蒂冈。"

梵蒂冈在罗马的西北角，但与意大利是两个国度。这是一个全世界人口最少、领土最小的内陆国家，却是全世界六分之一人口的信仰中心。对于它的赫赫声名，我早已如雷贯耳。

我做了无比充足的准备，才踏入圣彼得大教堂。但是进入它的那一秒，被铺天盖地的壁画、浮雕、雕塑、圣母像、彩色玻璃笼罩的那一秒，我依旧一溃如沙。

我简直没有办法和你描绘那个画面，就像凡人无法描绘面对诸神时的那个画面。那不是简单的美、神圣、伟大等词汇可以涵盖的内容。我只能说很震撼。只有震撼。

我的生命大概真空了20秒，就那么呆呆地站着。等到回过味来，我才发现自己在窒息，拼命吸上一口气来后，我又发现，我的嘴一直是张开的，而我已经哭了。

我被征服了，彻彻底底，不留余地。

老婆在看我。她一脸得意。

我输了，输得胸闷气短，但是，又输得无比甘心。我得谢谢她，如此生拉硬拽地把我从地球的另一侧带到这里来。她对了，我的确感慨得稀里哗啦，的确觉得，我来对了。

然后，我们又一起去了锡耶纳，那是罗马旁边的一个小镇。火车途经停站的时候，我们临时起意地抓起行李就跳下了车。在那里，我吃到了人生中最大份、也是最好吃的牛排。

再然后是威尼斯，那个被传说已久的水上之城。

我们在威尼斯待了四天，非常神奇地一分钱没破费。因为第一天入住的酒店就是自己的同胞开的。他们看过《爱情公寓》，很快地认出了我，不但承包了三餐和住宿，还带着我们乘坐贡多拉环游威尼斯，向我们介绍当地可爱的歌剧面具和大串的水果美食。当我们感兴趣打算掏钱买下的时候，他们又都全盘抢过去付账，如果我们不答应他们就要生气。我和老婆真是快被感动哭了。

我们一路留下了无数无数的照片，多到手机都差点爆掉。我们互相发了好多的明信片，多到回家之后连自己看到了都有点愕然。在路途上她无数次地问我："以后还犯不犯懒了？还要不要带老婆旅行了？"

要的。因为每一次都是你赢了，因为每一次，你都让我来对了。

亲爱的，如果你不这么嚣张就更好了！

试过陪老婆跳崖吗？

在每一次的冒险前，我都要做长久的心理建设。它听起来真的让我胆战心惊。但在每一次体验之后，我又会觉得刷新了一次人生体验，而这些体验因为另一个人的关系，变得抵死浪漫。

当东南卫视联系我，问我们是否愿意以夫妻档的形式去参加旅行节目《爱在囧途》，并在韩国度过三天三夜关于吃喝玩乐的拍摄的时候，我习惯性地回复说："哦，我没问题，你们去问许婧，她乐意的话就可以。"想了想又加了一句："她八成乐意。"

老婆是圈外人，很少涉足演艺世界。我知道她喜欢安静和低调，也会帮她挡掉很多节目和采访。但这一次不大一样，因为事关旅行啊。

果然，老婆的回答是："好啊！"然后又说："就三天啊？"

对于任何形式的旅行与冒险，老婆的热情永远大如天。迄今为止，她已经尝试了高山、滑雪、深夜浮潜、蹦极、跳伞……未来她还打算尝试一下火山历险和极地漫游。这不是开玩笑的，这些真的在未来的旅行计划里。我一点也不怀疑，如果现在有一个跨越银河系的外太空旅行冒险团，老婆一定会是第一批报名的那个。而且，她肯定会抓上我。

虽然我也不是不喜欢冒险，但我更是个更珍惜生命的人啊！我双脚离开地面超过 30 厘米就会坐立不安，所以每次坐飞机都有那么点煎熬的味道，更不要说是蹦极跳伞这类感受失重的凶残体验了。

但是老婆就是喜欢。如果我不陪同的话，她就会自己完成这些冒险项目。你们说怎么办？站在地上看吗？我会比自己飞在半空中还要提心吊胆啊！而且事后，老婆肯定会一边吹嘘自己的飞翔体验，一边臭我说："哼，大男人，胆子那么小。以后我的冒险你都不用跟着去啦！"

时常会听到身边的朋友抱怨另一半要求太多：今天要逛街，

明天要看电影，后天又要去游乐园。我听得瞠目结舌："逛街、看电影就抱怨，你有试过陪老婆跳崖吗？跳过一次，你今后人生中的每一天都是劫后余生知道吗！"

我说的跳崖，正是和老婆拍婚纱照的时候。

已婚男士的一大共识是：拍婚纱的时候，男人别想那么多，只要做好"道具"和"背景"、衬托好新娘就可以了。我当初也是这么想的，但后来才发现，原来我这个"道具"还需要被无数次地"危险使用"！

首先，我们俩对婚纱照的要求都很高。这不仅仅是老婆的品位问题，我自己身为演员拍过大大小小许多照片，也算是台阶比较高、比较难伺候的婚纱客户。我们也一致觉得，拍照时折腾点就折腾点吧，那毕竟是要珍藏一辈子的画面。关于结婚的每一个细节，能完美就尽量做到完美，不然留下遗憾是以后没机会补回的。

所以在婚纱摄影方面，我们选择了国内一流的著名团队。团队为我们规划了许许多多拍摄方案，原本是让我们挑选的，但是老婆过目后觉得每个创意都很赞，于是干脆照单全收了。我们从居家拍到野外，从森林拍到大海，从繁华灿烂的盛唐拍到黑白哥特的中世纪，最后，拍到水底。

拍水下婚纱照的时候，团队找到一处风景很好的瀑布，瀑布下面就是漂亮极了的潭水。摄影师的策划是：两个人手牵着手浪漫地一跃而下，沉浮于水底，在泡沫间像是美人鱼和王子那样相拥而吻。

他一边说一边指给我们看。瀑布大概三四个人的高度，下面大概只有三平方米的水流够深，没有礁石。我一看到就吓得腿软了——这，到底哪里浪漫了？

我还没问出口，策划先问我老婆："许小姐，你觉得可以跳吗？"

"吗"字都还没说出口，老婆说："可以呀。"

我晕倒了。

现在在当时拍摄的视频上，你依然可以看出——我是被老婆活生生地拽下去的。

站在瀑布边的时候，我在疯狂地做心理建设。我想一会儿跳的时候把老婆往安全地带挤一挤，这样不用担心跳歪了礁石会碰到她……

就在我拼命目测角度的时候，老婆已经二话没说纵身一跃！

好惭愧，我真的是被拽下去的！这太突然了！好歹来一句

"you jump I jump"啊！

滞空的时间非常短，大概只有一两秒，眼前的世界真是毫无景色可言。基本上就像是一张花花绿绿的长条彩纸在眼前一拉而过的感觉。然后，噗通一声，我俩栽进水里。落水的情况也大概无比狼狈——至少我是无比狼狈，毫无浪漫可言。浮出水面的时候，我心惊肉跳，连哭的心都快有了。老婆却忽然抱紧我。

她说："嘿嘿，刚刚我们一起飞过了。"

我一下子觉得：好吧，值了。

原来把惊悚的"跳崖"稍稍改换一下，就会变成"人生第一次陪老婆飞翔"。这真是，浪漫爆了。

就为着这份浪漫，之后我又胆战心惊地陪她体验了很多崭新的第一次。一如开头所说的，我们第一次乘坐了热气球——靠近看它原来这么巨大，大到壮丽的程度，让人丝毫也不怀疑乘坐它可以88天环游地球；我们第一次爬上昆士兰州第一高楼，在那个可以把整个黄金海岸尽收眼底的高度俯瞰世界，感受着会把人吹到东倒西歪的大风；我们第一次跳伞。我的天，那根本就是对人性的考验！跳出舱门的一瞬间你会感觉，整个世界都在向你扑面而来，你会想：鸟都是怎么做到的，它们怎么能够保持身体在空中不转呢？而当背后的巨伞张开，你陡然被空气的阻力平衡住自己，等到敢于慢慢张开双眼的时候，才会发现，原来天空是倒过来的海洋，而我们在飞翔。对整个世界来说，你是如此微小的一点点，但是在这样的高度，你看到了关于世界最大的画面。

从高空到海底，我们第一次擦肩而过云彩，也第一次触摸了珊瑚礁。我们在大风大浪的黄金海岸出游垂钓，一船人都吐得天昏地暗，最终第一次收获了两条吞拿鱼，还有一只海鸥——别问这是怎么发生的，海鸥自己可能也在奇怪。

我们把海鸥放掉，没忘记小心地摸摸它的羽毛。它会去到非常远的地方，而它的羽毛上从此带上了我们的味道。

在每一次的冒险前，我都要做长久的心理建设。它听起来真的让我胆战心惊。但在每一次体验之后，我又会觉得刷新了一次人生体验，而这些体验因为另一个人的关系，变得抵死浪漫。

我现在也丝毫不怀疑，如果有一个跨越银河系的外太空旅行冒险团，老婆一定会是第一批报名的那一个。

还有我。

"撞脸"误会故事集

关于撞脸这件事，我已经无奈了。

我一直都觉得，自己的脸轮廓分明，五官怎么看也该算得上是"有个性"。老婆也经常打趣："眼睛小成你这个样子，也实在是不容易啊！"但就是这么没辙，我走在街头"被撞脸"的故事已经完全能够凑成一本误会故事集了。

我在大学毕业后登台的第一部话剧，就是何念导演的《疯狂的疯狂》。因为原定的男一号黄渤老师临时档期变化的关系，我接替了他的角色。也可能是舞台剧的化妆都会比较重，我在正式排练中上完了妆，居然立刻就被众人评价成"还真挺像黄渤哎！"

黄渤老师之后是周杰伦，这也发生过不止一次了。记得几年前有一次吃开机饭，剧组成员大会餐，大家都聊得很开心。组里的何冰老师一直在跟别人说话，忽然向我这边看了一眼，说："你们不觉得这哥们儿长得太像周杰伦了吗？"当时我还很惊悚，觉得——这怎么敢当？结果这件事情的共识越来越广泛，发展到连半夜回家的时候，走在路上都被人认错过，害得周天王的粉丝白白兴奋了半天。这实在是让我有点汗颜。

而最广泛的误会，就是我和林丹的撞脸。这件事现在我已经习惯了，看着网上照片的对比，连我自己也会觉得实在百口莫辩。只能说，我的脸实在是太给力，太会自觉自动地往各位巨星身上靠拢了！

被误会成"超级丹"的情况在异国街头尤其多，简直是不胜枚举。第一次的时候就着实震撼了我。

那还是在好几年前，我和老婆第一次去马来西亚玩。我们一起乘坐当地的出租车，上车之后就发现司机一直从后视镜里瞄我。我也没有太在意，继续随便地跟老婆聊天。大概是听到了中文，那位司机彻底激动起来，结账的时候对我做出超级仰慕的表情，又是竖拇指，又是哇啦哇啦地称赞。我惊了，问老婆他大概在说什么？老婆也茫然了，说："他在夸你，说你是中国人的骄傲。"

这个称赞真的好大条!

当时《爱情公寓》在国内才刚刚播出,我出门逛街可以放心随意到连墨镜都不用带,名气没有可能那么快就蹿到异国来了吧?当时的我好兴奋,简直飘飘欲仙,心想难道这位司机恰好是个中国电视剧迷?又恰好看过《爱情公寓》?(因为当地的华人会专门收看国内电视台的节目,发生这种事情也不是没有可能。)如果是这样的话,这就是我在国外遇到的粉丝第一人啊,我感动坏了!然后,直到我们下车离开,司机还不减兴奋地做了一个夸张的挥球拍的动作跟我们告别。

后来,异国街头这种情况频频发生,我就真的已经习惯了。刚开始的时候,我还会紧张地解释:"不是不是,我会拖了超级丹的后腿,这样不好。"但发生的次数多了后,连我也会骄傲起来,有时候顽皮心顿起,干脆做个挥拍动作吓吓大家。哈哈!说到底林丹代表的是中国的荣耀,被错认成他是我的荣幸,也是我作为同胞的荣耀啊。我会对因为误会而赶过来搭讪的异国朋友说:"想看到真正的林丹吗?来中国吧,他在那儿战斗呐!"

而让我心有平衡的是，今年四月份 2014 年中国羽毛球大师赛在常州开战，林丹参战的时候，新城体育馆的球迷超级调皮地一起高呼："曾小贤，加油！"我看到现场记者发出的微博后实在是笑翻了。超级丹，不好意思，曾小贤又拖你的后腿啦！

有意思的是，听说林丹在生活中也是不折不扣的好男人，疼妻爱子体贴顾家。所以看到没，脸长得像的人，性格也不会差很多的！

愿望永驻，唯有珍惜

生，老，病，死，求不得，怨憎会，爱别离。这都是人生中终究无可避免的巨大痛苦。我们实在是无力逃脱天意，那么我们也唯能做到珍惜。珍惜眼前人，珍惜拥有的一切，珍惜分分秒秒还能相聚的时刻。

前段时间马来西亚航空发生空难，飞机上的 239 名乘客和机组人员就那么无声无息地在这个世界上不知所踪。突听到这个消息的时候，我心里狠狠咯噔了一下，然后第一反应是给老婆打电话。

当时我正在海口拍戏，也知道老婆暂时没有出游计划，正安安全全地待在家里。但那个时候，我就是忍不住想听到她的声音，确定她家里，也让她确定我没有意外的情况发生。

我们已经坐过好几次马来西亚航空的飞机，不久前还刚刚乘坐它去蜜月旅行。这一次失联的消息让我们胆战心惊，而稍微推己及人，就会难过得喘不上气来。对于亲人、爱人、朋友来说，生死未卜四个字残忍得让人汗毛倒竖。

这也让我想起 2012 年，老婆和闺蜜两个人一起去东南亚旅行的那段时间。

那段时间我正忙于拍戏，老婆向我提出要和闺蜜出国自助游，做个实实在在的背包旅者，把东南亚的一系列国家走一遍。我听了立刻表示反对。

第一反应是：老婆从来没有独自出过那么远的门，就算有闺蜜相陪，她也一定应付不来。

可以说那个时候的我有点自大，觉得两个人在一起后老婆从未离开过我的保护，大学四年已经算是她过得最动荡的生活了，那也还是在我每周一次的探望下。我知道每次出行她都会把计划做得很好，行程安排得很周到，但毕竟每次异国之行她都在我的视野里。我纵然语言不如她精通，对当地文化没有她了解，基本每次都需要她来领路游玩，但我毕竟是男人，出了任何状况都可以成为保镖一样的存在，而这一次要出行的是两个女孩子，这让我怎么能放心？

其次，我对背包游多多少少还有点担心。我会觉得，安不安全啊？卫不卫生啊？吃住行的条件都靠不靠谱啊？那里不通英语的话你们怎么办？被人骗了怎么办？

我跟老婆说："别去了，不许去，想去的话等我拍完戏我陪你。"

老婆不同意，她觉得这段旅行是属于自己和闺蜜的，就算有"以后"，那也是另一种体验。

我只好退一步："实在是要去，跟团就好了啊，一次去玩一个地方就好了啊，干嘛非要自助行？干嘛非要走那么长的路线，把路上的一切全交给自己？"

老婆还是不同意。她认为就是要这样，要体验一下真正的背包客的感觉，跟我出游是度假，是观光，是"旅游"，但这一次是"旅行"，是寻找，是货真价实的体验"在路上"的一切。

我们争执了很多次。最后我拗不过她，退到底线全无，简直是满腔悲愤地同意了她的计划。

老婆出发的那天，我还在剧组拍戏，没办法送她，于是恶狠狠地打电话命令她："一定要住靠谱的地方，吃好一点，别有那么多临时起意的事情发生，绝对不要去危险的还没开发的路线，少去几个地方没关系的，以后我们一起补上……听到没有啊？"

她答应得好好的。结果，我在微博上看到她传来的信息，完全不是那么回事！她和闺蜜第一天去印度换钱的时候就被骗了一笔银子，坐的是人声鼎沸连卧具都没有的"卧铺"火车，住的是那种一晚上20块钱人民币的旅社……一路走来她们选的旅馆，别说什么一次性的牙刷肥皂，就连卫生纸都没有。她们大晚上跑去参加恒河边的祭祀仪式，和多得难以想象的当地人挤在一起，还发来跟一个和别人脸挨脸的照片。我，真的担心死了。

不过所有的微博里，她都在强调：放心吧，我很开心。她发来的每一张照片都充满异国的神秘、喧闹、安静和美好。她说："以后一定得带你再来一次。这一次你看不到的地方，我帮你多发几张照片，帮你用力地多看看，等到回去讲给你听。"

在那段时间里，我天天没事就翻网站上的旅行介绍，在概念中定位她现在在世界的什么位置，那个城市是什么概念，是否潜藏着什么危险，当天天气怎样，飞机铁路是否都运行无误。我天天打越洋电话给她，打得她招架不住，郁闷地说："电话费好贵啊！找地方充电不容易啊！我马上就要连发微薄的电都没有了！"

然后有一天，我发现她的电话接不通了。那一天我从新闻上得知她所在的城市不远刚好发生地震。

我不停地给她打电话，上戏的时候让助手帮忙打，拍完一段戏就要问一下情况："通了吗？没有？那接着打。"

这个状况持续了一天。

那一天我完完全全地不在状态。作为演员很少有这么差劲的时候，连我自己都觉得无地自容，但是没办法，我就是心不在焉。我对大家抱歉地说："对不起，我今天实在不在状态。"剧组里每个人都知道情况，他们拼命安慰我，也都要帮助我联系老婆或者询问情况。

到了晚上，依旧联系不上。我跟助手说："要不然我去找她吧。"

助手快被吓哭了，结结巴巴问我："去、去哪儿找？许婧姐在加尔各答啊，距离震区还远着呢！"

我无比后悔，当初就不该同意，就不应该让她跑去那么远的地方。我当时怎么就没把她的护照给藏起来呢？如果真的发生了什么意外的话怎么办？以后的人生怎么办？对父母怎么交代？两只猫怎么办？我怎么办？她现在在哪儿呢？

到了很晚，就在我真的差一点打电话去订机票的时候，我的电话响了。

老婆打来了。

接起电话，她的声音响起在耳边的一瞬间，我简直是死而复生的感觉。

我以为当时会爆发一阵爆吼："你吓死我了！为什么不联系？发生什么事了？什么都不许说了给我回家！现在立刻马上！"

但是，我没有。我就像溺水的人终于爬上岸一样，用快哭出来的声音说："可算联系上你了。"

她告诉我，她们又被不靠谱的当地人给坑了。下午买了张带网络流量的电话卡，告诉她一小时之后就能用，结果等到晚上都还没有充值成功，所以一直失去联系。她又说："我们玩得很开心，震区离我们很远一点都没感觉，交通也完全没受影响。帮我给大家道歉，真的真的，我们很好。"

最后她对我说："对不起啊，让你担心了。"

我握着电话想：不会有第二次了。我再也不敢让她跑去离我那么远的地方了。以后她的旅行计划里必须有我，哪怕多忙我也会挤出时间来陪她去的。这件事情不再讨论了。

24 小时的失联告诉我，我一点都经不起那个"如果"。

直到现在，关于马航的消息依然都还只是猜测。渐渐地这一惨剧不免会淡出公众的视野，但是，对于飞机上所有乘客、所有机组人员的家属和朋友来说，那种痛苦是无法抹杀、别人也难以体会的。

生，老，病，死，求不得，怨憎会，爱别离。这都是人生中终究无可避免的巨大痛苦。我们实在是无力逃脱天意，那么我们也唯能做到珍惜。

珍惜眼前人，珍惜拥有的一切，珍惜分分秒秒还能相聚的时刻。如果等到那一天，真的无可挽回地来临之时，我们也能让自己的心里少存一丝遗憾，多留一些感恩。